Le Passeur de livres

Carsten Henn

Le Passeur de livres

Traduit de l'allemand
par Sabine Wyckaert-Fetick

Roman

XO
EDITIONS

Première publication en Allemagne en 2020 par Piper Verlag

Titre original : *Der Buchspazierer*

ISBN : 978-2-37448-450-1

À tous les libraires.
Même en temps de crise,
ils nous fournissent
une denrée essentielle.

« Un roman est comme un archet, la caisse du violon qui rend les sons, c'est l'âme du lecteur. »

Stendhal

1.

Son propre maître

On dit que les livres trouvent leurs lecteurs – mais ils ont parfois besoin que quelqu'un leur montre le chemin. C'était le cas en cette journée de fin d'été dans la librairie La Porte de la ville, qui avait reçu ce nom alors même que ladite porte (ou plutôt ses vestiges, que la plupart des habitants considéraient comme une œuvre d'art audacieuse) se dressait à trois carrefours de là.

La librairie avait été construite à une lointaine époque et s'était agrandie au fil du temps. Des façades ornées de moulures et de stuc tutoyaient des angles droits dépourvus de toute décoration. La coexistence de l'ancien et du moderne, de la fantaisie et de la sobriété, définissait tant l'extérieur que l'intérieur du magasin. Des présentoirs en plastique rouge contenant DVD et CD, des étagères en métal mat accueillant des mangas côtoyaient des vitrines en verre poli abritant des globes terrestres et d'élégantes étagères en bois chargées de livres. On y trouvait aussi des jeux de société, des articles de papeterie, du thé et même, depuis peu, du chocolat. Un comptoir sombre et massif, que le personnel appelait simplement « l'autel », dominait la salle tout en coins et recoins. Il avait l'air, quant à lui, de dater de l'âge baroque. Sur le devant, le bois sculpté représentait une scène rurale : des chasseurs sur de magnifiques chevaux, accompagnés d'une meute de chiens nerveux, lancés à la poursuite d'une harde de sangliers.

— Pouvez-vous me recommander un bon roman ?

La question qui justifiait le métier de libraire venait de fuser. Ursel Schäfer, la femme qui l'avait posée, savait précisément ce qui, pour elle, faisait un bon roman. Un livre devait la divertir le soir dans son lit jusqu'à ce que ses yeux se ferment. Il devait aussi la faire pleurer à trois endroits au minimum, quatre de préférence. Il ne comptait pas moins de trois cents pages, mais jamais plus de trois cent quatre-vingts. Enfin, d'amères expériences de lecture lui avaient appris à se méfier des romans dont la couverture était verte.

— Je serais ravie de vous conseiller, répondit Sabine Gruber, qui dirigeait La Porte de la ville depuis trois ans. Qu'est-ce que vous aimez lire ?

Ursel Schäfer ne voulait pas répondre, elle voulait que Sabine Gruber le sache pour elle : en tant que libraire, celle-ci devait être naturellement douée de clairvoyance.

— Donnez-moi trois indices et je choisirai le livre qu'il vous faut, reprit cette dernière. L'amour ? Le sud de l'Angleterre ? Un bon gros pavé ? Mmmh ?

— M. Kollhoff serait-il là, par hasard ? s'inquiéta Ursel Schäfer d'une voix agitée. Lui sait ce que j'aime. Il sait toujours ce qui plaît à ses clients.

— Non, il est absent aujourd'hui. M. Kollhoff ne travaille plus qu'occasionnellement pour nous.

— Quel dommage…

— Tenez, j'ai quelque chose pour vous. Une saga qui se passe en Cornouailles. Regardez, la couverture représente une charmante propriété familiale entourée d'un grand parc.

— Ah, mais c'est vert, commenta Ursel Schäfer avec réprobation. Et d'un vert soutenu !

— C'est que le roman se déroule dans le magnifique parc du comte de Durnborough. Les critiques sont toutes très élogieuses !

La lourde porte d'entrée s'ouvrit alors et la clochette en cuivre qui la surmontait émit un tintement clair. Carl Kollhoff replia son parapluie, le secoua d'un geste expérimenté et le rangea dans le porte-parapluies. Il embrassa du regard la librairie qu'il considérait comme son foyer, avant de s'intéresser aux livres les plus récents pour voir si certains étaient destinés à ses clients. Dans cette quête, il s'imaginait pareil à un ramasseur de coquillages sur une plage. Au premier coup d'œil, il repéra quelques nouveautés qui attendaient d'être prises en main et débarrassées de leur sable. Mais dès qu'il aperçut Ursel Schäfer, elles devinrent soudain insignifiantes. La dame lui adressa un sourire radieux, comme s'il incarnait à lui seul tous les hommes séduisants dont elle était tombée amoureuse au fil des années, dans les romans qu'il lui avait justement recommandés. Pourtant, le libraire ne ressemblait à aucun de ces personnages masculins. Il avait eu une petite bedaine à une époque, mais elle avait disparu avec le temps, de même que ses cheveux, comme s'ils étaient convenus de le quitter ensemble. À soixante-douze ans, Carl était maigre, mais il portait toujours les mêmes vieux vêtements, désormais beaucoup trop grands. Son ancien patron affirmait qu'à le voir, on aurait pu penser qu'il ne se nourrissait plus que de mots, pauvres en glucides. « Mais riches en substance », répliquait chaque fois Carl.

Carl était vêtu d'une salopette vert olive et d'une veste assortie. Il avait toujours aux pieds de grosses chaussures solides, dont le cuir noir était assez épais et les semelles assez résistantes pour durer toute une vie d'homme. Et de bonnes chaussettes, c'était important.

Il portait invariablement un chapeau de pêcheur souple à bord étroit, afin de se protéger de la pluie comme des rayons du soleil. Il ne l'enlevait jamais, sauf pour dormir. Sans lui, il se sentait presque nu. Il n'ôtait jamais non plus ses lunettes, dont il avait acheté la monture des dizaines d'années plus tôt dans une brocante. Derrière, ses yeux intelligents donnaient toujours l'air à Carl d'avoir lu trop longtemps dans une pièce mal éclairée

– Madame Schäfer, quel plaisir ! déclara-t-il en s'approchant d'Ursel Schäfer, qui vint aussi à sa rencontre. Puis-je vous recommander un livre qui aurait parfaitement sa place sur votre table de nuit ?

– Eh bien, j'ai beaucoup aimé le dernier, en particulier la fin, quand les personnages se regardent les yeux dans les yeux. J'aurais préféré que l'histoire s'achève sur un baiser. Mais je veux bien me satisfaire d'un regard.

– C'était presque plus intense qu'un baiser, non ? Certains regards peuvent l'être…

– Pas si c'est moi qui embrasse ! protesta Ursel Schäfer qui se sentit délicieusement coquine, ce qui ne lui arrivait presque plus.

– Ce livre vous attend depuis qu'il a été déballé, annonça Carl qui s'était saisi d'un roman dans la pile à côté de la caisse. L'histoire se passe en Provence, et chaque mot embaume la lavande.

– Les couvertures bordeaux renferment les meilleures histoires ! Celle-ci se termine-t-elle par un baiser ?

– Vous en aurais-je déjà révélé la fin ?

– Non !

Elle le regarda d'un air de reproche, mais lui prit l'ouvrage des mains.

Bien sûr, Carl ne lui aurait jamais conseillé un roman sans *happy end*. Pour autant, il ne voulait surtout pas priver Ursel Schäfer de son petit frisson : le dénouement serait-il différent, cette fois ?

— Je suis si heureuse que les livres existent, confia-t-elle. Tout change si vite. Pourvu qu'eux ne changent jamais ! Les gens ne paient plus qu'avec des cartes en plastique. Quand je veux faire l'appoint à la caisse, on me regarde bizarrement !

— Les écrits resteront, madame Schäfer. Parce qu'il y a des choses qu'on ne peut pas exprimer autrement. Et rien n'égale le livre imprimé pour préserver les pensées et les histoires. Elles peuvent y vivre des siècles.

Un sourire chaleureux aux lèvres, Carl Kollhoff prit congé de sa cliente et, franchissant une porte tapissée d'affiches publicitaires, entra dans la pièce qui faisait office de bureau et de réserve. Sur la table de travail s'entassaient quantité de livres, l'écran du vieil ordinateur était encadré de Post-it jaunes et le grand calendrier annuel accroché au mur, griffonné d'inscriptions rouges.

Ses livres attendaient comme toujours dans une caisse en plastique noir, posée dans le coin le plus sombre. Depuis que Sabine Gruber avait repris la librairie de son père, la caisse, qui se trouvait auparavant sur le bureau, avait été déplacée un peu plus chaque jour vers l'endroit le moins accessible. Parallèlement, son contenu avait diminué. Il n'y avait plus grand monde à qui apporter des livres. Chaque année, les lecteurs étaient plus nombreux à disparaître.

— B'jour, monsieur Kollhoff. Vous avez pensé quoi du match ? Y avait pas péno, jamais de la vie ! Je suis toujours en colère contre l'arbitre.

Leon, le nouveau stagiaire du lycée, sortait des toilettes réservées au personnel – il dégageait une forte odeur de tabac. N'importe qui d'autre aurait su que poser ce genre de question à Carl était inutile. En effet, Carl ne regardait pas les informations, n'écoutait pas la radio, ne lisait pas le journal. Il se tenait, comme il se l'avouait parfois, un peu à l'écart du monde. Cela relevait d'une décision consciente, car toutes ces nouvelles sur l'incompétence des chefs d'État, la fonte des calottes glaciaires et la souffrance des réfugiés l'attristaient plus que le plus tragique des romans. Il cherchait à se protéger, même si son univers s'en trouvait considérablement réduit. Ce dernier ne mesurait plus que deux bons kilomètres sur deux, et Carl le parcourait de long en large chaque jour.

— Connaissez-vous le merveilleux livre de James Lloyd Carr sur le football ? demanda Carl, au lieu de commenter la décision de l'arbitre.

— Ça parle de notre club ?

— Non, il y est question des Steeple Sinderby Wanderers.

— Connais pas. Mais je ne lis pas, de toute façon. Sauf quand j'y suis obligé. Au lycée, quoi. Et même dans ce cas-là, je me débrouille pour regarder le film adapté du livre.

Le stagiaire sourit largement, comme si son choix dupait les enseignants et non lui-même.

– Mais pourquoi faire votre stage ici, alors ? s'enquit Carl.

– Ma sœur y a fait le sien il y a trois ans, on habite juste au coin de la rue, c'est pratique.

Il omettait de mentionner que ceux qui ne trouvaient pas de stage étaient tenus de contribuer pendant deux semaines au lessivage de leur établissement. Pour se venger des murs gribouillés, des vieux chewing-gums sous les tables et des miettes de sandwich dans les rainures, le concierge du lycée leur imposait des tâches humiliantes – ils prenaient pour tous les élèves.

– Et votre sœur, est-ce qu'elle lit ?

– Depuis son passage ici, oui... Mais moi, ça risque pas de m'arriver !

Carl sourit en songeant à ce qui avait incité la sœur de Leon à lire. Son ancien patron, Gustav Gruber, qui vivait désormais dans la maison de retraite Les Horizons de la cathédrale, savait s'y prendre avec les jeunes gens rétifs à la lecture comme Leon et sa sœur. Il leur faisait essuyer, une par une, les cartes de vœux enveloppées dans du plastique. Les stagiaires s'ennuyaient tant que, en désespoir de cause, ils finissaient par prendre le livre que Gustav avait stratégiquement posé près d'eux. Le libraire les avait ainsi tous convertis à la lecture. Par ailleurs, il s'entendait bien avec les jeunes, tandis que pour Carl ils s'apparentaient à des créatures mystérieuses.

C'était déjà le cas quand lui-même avait leur âge. Et plus il s'éloignait de cette période de sa vie, plus les jeunes lui semblaient étrangers, bizarres.

Le vieux Gruber avait attisé la curiosité de la sœur de Leon avec un roman dans lequel une jeune fille tombait amoureuse d'un vampire. Pour Leon, manifestement en pleine puberté, il aurait choisi un livre avec une jolie adolescente sur la couverture – et des pages aérées. Le vieux Gruber avait pour habitude de dire : « Ce qui compte, ce n'est pas ce qu'on lit, c'est le fait de lire. » Carl ne pouvait pas totalement souscrire à cette affirmation, car le contenu de certains livres était toxique – heureusement, bien plus souvent, les pages lues servaient de remède à des maux dont vous ignoriez même qu'ils avaient besoin d'être soignés.

Carl souleva avec précaution la caisse en plastique noir posée dans le coin. Ce jour-là, seuls trois livres paraissaient perdus au fond. Puis il prit du papier kraft et de la ficelle pour emballer chacun d'eux, comme un cadeau. Sabine Gruber lui avait pourtant demandé à plusieurs reprises de renoncer à ses paquets par souci d'économie, mais Carl, lui, y tenait parce que ses clients y étaient sensibles. Sans s'en rendre compte, il caressait chaque ouvrage avant de l'envelopper.

Il prit finalement son sac à dos vert olive de l'armée, usé par les années mais toujours très solide à force de soins et d'amour. Les plis qu'il présentait indiquaient qu'il ne demandait qu'à être empli.

Comme s'il s'apprêtait à apporter des chiots à leurs nouveaux propriétaires, Carl fit alors glisser doucement les trois livres dans le sac au tissu épais, qu'il avait garni d'une doublure en laine moelleuse. Il disposa les livres de façon que le plus grand soit calé contre son dos et le plus petit de l'autre côté, pour éviter de l'abîmer lorsqu'il s'inclinait.

Alors qu'il s'apprêtait à sortir, il réfléchit un instant avant de se tourner vers Leon.

– Essuie les cartes de vœux, s'il te plaît, Mme Gruber sera très contente. Je te conseille de t'en charger ici, tu seras tranquille.

Et il posa prestement sur la table de travail *Carton jaune* de Nick Hornby, qu'il venait d'apercevoir sur une étagère. Le terrain de football en couverture était d'un vert séduisant – Ursel Schäfer ne lui aurait certainement pas accordé le moindre regard.

Carl partit faire sa ronde, comme il l'appelait, mais son parcours à travers le centre-ville évoquait plutôt un polygone, sans angles droits ni symétrie. Son monde était délimité par les vestiges des remparts de la cité, pareils aux dents gâtées d'un vieillard. Il ne l'avait pas quitté depuis trente-quatre ans, car il y trouvait tout ce dont il avait besoin pour vivre.

Carl Kollhoff marchait beaucoup, et réfléchissait tout autant. Il lui semblait parfois qu'il ne pouvait penser correctement qu'en marchant. Comme si ses pas devaient battre le pavé pour que ses idées se mettent en mouvement.

On n'y prêtait pas toujours attention en s'y promenant, en revanche les pigeons et les moineaux savaient, eux, que la ville était ronde. Les immeubles anciens et les vieilles ruelles rayonnaient à partir de la cathédrale, qui se dressait au centre, imposante. Si la ville avait fait partie d'un chemin de fer miniature, on aurait pu dire que l'édifice religieux avait été bâti à la mauvaise échelle. Il datait de la brève période où la ville avait connu une grande richesse, une époque qui avait pris fin avant qu'une tour ait pu être achevée.

Les immeubles s'alignaient avec respect autour de la cathédrale. Certains, parmi les plus anciens, inclinaient même légèrement la tête. C'était devant le portail principal qu'ils gardaient le plus leurs distances, pour former la plus grande et la plus belle place de la ville, celle de la Cathédrale.

Sitôt que Carl y déboucha, il eut de nouveau la sensation d'être observé, comme un cerf sans défense dans une clairière, à la merci du canon d'un chasseur. Cette pensée le fit sourire, car il n'avait guère l'habitude de se prendre pour un cerf.

Sur la place de la Cathédrale, l'air était embaumé d'une odeur intense. Selon la légende, au XVIIe siècle, alors que la ville était assiégée, un boulanger avait créé la roue poudrée, une riche pâtisserie en forme de roue à rayons, fourrée de crème au chocolat et saupoudrée de sucre glace, qu'il avait apportée aux assiégeants pour leur signifier que les habitants voulaient leur départ. En réalité, ce dessert très calorique avait été inventé deux cents ans plus tard, ce qu'attestaient les documents d'archives, mais la légende avait continué de se propager, et les visiteurs de la ville y croyaient volontiers.

Les pas de Carl, lents et réguliers, le faisaient toujours arpenter les mêmes pavés. Si quelqu'un se trouvait sur son passage, il attendait puis accélérait pour rattraper le temps perdu. Il avait établi son itinéraire de telle sorte qu'il pouvait le suivre sans rencontrer d'obstacle, même les jours de marché. De plus, il veillait à passer le plus loin possible des quatre boulangeries qui fabriquaient des roues poudrées, car l'odeur de la pâte chaude et grasse lui était devenue insupportable.

Carl tourna dans la rue Beethoven ; c'était plutôt une ruelle, d'ailleurs, qui ne rendait pas justice au grand compositeur. Un responsable de la municipalité s'était illustré en baptisant toute une série de voies du nom de compositeurs célèbres. Il avait dédié la plus grande à Schubert, son préféré.

Carl Kollhoff l'ignorait, mais à cet instant, il se tenait précisément au centre de son univers. Ce dernier était borné sur deux côtés par des lignes de tramway, la 18 et la 57 (la ville n'en comptait que sept, mais ses transports en commun lui donnaient l'allure d'une métropole), sur un côté par la voie rapide au nord et sur le quatrième par la rivière – qui se contentait de clapoter de manière pittoresque la majeure partie de l'année, n'entrant en crue que durant quelques jours au printemps, tel un lionceau rugissant de temps à autre, bien que ses cordes vocales ne s'y prêtent pas.

Ce jour-là, le premier « crochet » de Carl le conduisit rue Salieri, chez Christian von Hohenesch. Sa villa en pierre sombre se trouvait légèrement en retrait, de sorte que le passant pressé n'en remarquait pas la splendeur. On aurait dit un cygne noir ramassé sur lui-même, attendant de déployer ses ailes somptueuses. Derrière s'étendait un parc rectangulaire, bordé d'immenses chênes, où étaient disséminés trois bancs qui permettaient à Christian von Hohenesch de laisser les rayons du soleil éclairer les pages d'un livre à n'importe quel moment de la journée.

Carl savait que von Hohenesch possédait une fortune considérable, mais pas qu'il était l'homme le plus riche de la ville. Personne n'était au courant, pas même von Hohenesch car il ne se comparait pas aux autres. Sa famille s'était enrichie des générations plus tôt grâce aux tanneries le long de la rivière et avait réussi à ne pas perdre son patrimoine au cours de l'industrialisation. Christian von Hohenesch n'avait donc pas à travailler, ses actions et ses comptes s'en chargeaient pour lui. Il se contentait de superviser le travail de ses gestionnaires de fortune. Chaque jour, une gouvernante venait faire la cuisine et le ménage dans les quelques pièces habitées ; chaque semaine, un jardinier taillait la végétation du parc pour permettre à la lumière du soleil de se frayer un chemin jusqu'aux pages des livres ; chaque mois, c'était le tour d'un service de conciergerie. Et du lundi au vendredi, Carl apportait un nouveau livre, que Christian von Hohenesch avait généralement fini le lendemain. Pour autant que Carl le sache, von Hohenesch n'avait pas franchi les frontières de son royaume depuis des lustres.

Carl tira sur une chaînette en cuivre, et une sonnerie grave retentit à l'intérieur de la villa. Comme toujours, il fallut un certain temps à son propriétaire pour traverser le long couloir sombre et entrebâiller la lourde porte en bois qui grinçait. Christian von Hohenesch ne mettait jamais un pied dehors. C'était un bel homme brun de grande taille, aux pommettes nobles, au menton prononcé – et comme enduit d'une tristesse qui recouvrait tout à la manière d'une couche de poussière grise. Il était toujours vêtu d'un complet croisé bleu foncé avec une orchidée blanche au revers, et ses chaussures en cuir noir brillaient comme s'il se rendait à un bal à l'Opéra. Von Hohenesch était beaucoup plus jeune que ne le laissaient penser ses vêtements. Il venait d'avoir trente-sept ans. Mais les costumes qu'il portait depuis si longtemps semblaient sur lui aussi naturels que les jeans sur d'autres.

– Monsieur Kollhoff, vous êtes en retard. Nous étions convenus de nous retrouver à 19 h 15, déclara von Hohenesch en guise de salutation.

Carl baissa la tête. Puis il sortit prudemment de son sac à dos le livre commandé par son client.

– Tenez, une nouvelle lecture pour vous, fit-il en arrangeant la boucle de la ficelle, qui s'était légèrement aplatie pendant le transport.

– Vous m'avez chaudement conseillé cet ouvrage. Avec raison, j'espère.

Von Hohenesch prit le livre sans le déballer. Il était consacré au rôle d'Aristote dans l'éducation d'Alexandre le Grand. Von Hohenesch ne lisait que de la philosophie.

Il tendit à Carl son pourboire, qui correspondait au poids du livre, sur lequel il s'était renseigné à l'avance.

– Soyez à l'heure la prochaine fois. L'exactitude est la politesse des rois.

– Je vous souhaite une bonne soirée. Au revoir.

– À vous de même.

Christian von Hohenesch referma la lourde porte. Et la villa parut aussitôt inhabitée.

Il aurait pourtant aimé discuter longuement des livres et des auteurs avec Carl, en qui il voyait un homme cultivé et raffiné, une âme sœur. Mais avec le temps, il avait perdu l'usage des mots d'invitation. Peut-être les avait-il égarés dans l'une des nombreuses pièces de sa grande villa.

Carl avait donc pris congé de Christian von Hohenesch – ou plutôt de quelqu'un d'autre. Les romans que Carl lisait se reflétaient dans le monde réel de sorte qu'il imaginait son univers peuplé de personnages de fiction, toutes époques et toutes nationalités confondues. Ainsi, dès l'instant où Christian von Hohenesch avait ouvert pour la première fois la porte de sa villa, Carl l'avait cru sorti tout droit du grandiose *Orgueil et préjugés* de Jane Austen. Carl venait donc de quitter le château de Pemberley, dans le Derbyshire du XVIIIe siècle, et son propriétaire Fitzwilliam Darcy, un gentleman riche et intelligent qui, en dépit de manières impeccables, paraissait souvent un peu dur et arrogant.

La raison de cette bizarrerie ? Carl n'avait jamais été doué pour retenir les noms, hormis ceux des personnages de romans. C'était déjà le cas à l'école, à l'époque où ses camarades avaient affublé les enseignants de sobriquets généralement peu flatteurs : Brosse à WC, Prince Morphine, Crachat. Carl leur en avait attribué d'autres : Ulysse, Tristan ou Gulliver. Après le bac, il n'avait pas cessé de donner des surnoms à son entourage. C'est ainsi que le jeune punk à l'uniforme élimé, qu'il croisait toujours sur le chemin de la librairie pendant sa formation, était devenu Candide, soldat malgré lui. La vendeuse du primeur chez qui il achetait ses pommes était la reine de *Blanche-Neige* – heureusement, elle s'abstenait d'empoisonner ses fruits. Un jour, Carl s'était aperçu que la ville entière était peuplée de figures romanesques, et que chaque habitant avait son équivalent littéraire. Au cours des années, il avait ainsi eu l'honneur de rencontrer Sherlock Holmes, qui dirigeait le service de police criminelle, et même lady Chatterley, qui venait souvent lui ouvrir vêtue d'un fin kimono et pour qui il avait eu le béguin, jeune homme. Elle avait cependant fini par quitter la ville avec Adson de Melk, le novice du *Nom de la rose*. Le capitaine Achab était obsédé par une taupe géante qu'il n'arrivait pas à tuer dans son jardin. Carl avait apporté des livres sur l'aéronautique à Saint-Exupéry, un pilote gravement malade. Il avait aussi rendu visite au comte de Monte-Cristo dans sa maison aux fenêtres munies de barreaux, qui avait été autrefois une prison et qui, étrangement, retenait son nouveau propriétaire entre ses propres murs.

L'idée d'un surnom littéraire venait presque toujours à l'esprit de Carl avant qu'il réussisse à mémoriser le véritable patronyme d'un client. Comme si sa mémoire voulait lui épargner de s'encombrer de choses terre à terre. Et dès qu'il avait choisi un nom de roman, le vrai ne voulait plus s'imprimer dans sa tête. Ainsi, en passant de sa rétine à son cerveau, le nom de Christian von Hohenesch se transformait comme par magie, sans que Carl s'en aperçoive, en « Mr. Darcy ». Dans certaines circonstances seulement, sa tête consentait à retenir un nom bien de ce monde.

Le chemin de Carl à travers les ruelles sinueuses le conduisit chez un personnage au destin bien plus sombre que celui du gentleman britannique finalement heureux.

Sa cliente attendait derrière la porte, regardant à travers le judas la ruelle et les quelques passants. Personne ne flânait dans ce quartier, car les beaux édifices à admirer se trouvaient à quelque distance de là. Dans cette partie de la vieille ville, les gens hâtaient le pas ; ils se sentaient oppressés par l'étroitesse des rues et avaient l'impression que les pignons des immeubles se refermaient sur eux sans laisser filtrer la lumière du jour.

La jeune femme menue derrière l'œilleton savait à quelle heure Carl Kollhoff arriverait chez elle. Elle savait aussi qu'il était stupide de rester postée de longues minutes derrière le judas, au lieu d'attendre dans le salon qu'on sonne à la porte, mais elle ne pouvait s'en empêcher. Andrea Cremmen glissa une mèche de cheveux blonds derrière son oreille et rajusta sa robe. Depuis l'école maternelle, elle avait toujours été la plus jolie, ce qui lui avait valu de la sympathie, mais aussi beaucoup de jalousie. Ainsi qu'un mariage précoce avec Matthias, un homme qui trimait soir et week-end dans le domaine des assurances pour assurer leur confort. Andrea, infirmière de formation, travaillait maintenant à temps partiel comme secrétaire dans un petit cabinet médical ; on l'avait installée à l'accueil parce que la voir faisait plaisir aux patients, les apaisait. Personne n'avait jamais eu besoin de dire à Andrea de sourire, elle le faisait naturellement. Quand vous êtes jolie et que vous ne souriez pas, on vous considère comme arrogante. Aussi souriait-elle à longueur de journée.

Elle n'avait jamais osé ne pas avoir l'air parfaite, de crainte de ce qui aurait pu advenir. Qu'aurait-on vu en elle ? Qu'y avait-il en elle, d'ailleurs ? Carl Kollhoff, lui, semblait être un homme en présence duquel elle pourrait se permettre de ne pas sourire. Il saurait trouver les mots justes pour décrire ce qui apparaîtrait alors au grand jour. Andrea avait l'impression qu'il choisissait ses mots aussi soigneusement qu'un parfumeur sélectionne les composants d'un parfum coûteux. Elle cessa de sourire et ramena sa mèche devant sa joue, s'autorisant quelques cheveux en désordre en attendant Carl Kollhoff.

Cependant, lorsqu'elle l'aperçut dans la ruelle, elle la lissa machinalement derrière son oreille.

Carl sonna et attendit. Andrea Cremmen mettait toujours un peu de temps, elle était toujours légèrement essoufflée en l'accueillant. Néanmoins, elle lui souriait chaque fois avec joie.

Il entendit une clé tourner frénétiquement dans la serrure, puis la porte d'entrée s'ouvrit.

— Monsieur Kollhoff, vous êtes en avance ! Je ne vous attendais pas si tôt. Je ne dois pas être présentable.

Et elle passa la main dans sa magnifique chevelure brillante, que mettait en valeur sa robe élégante parsemée de roses rouges.

Carl la trouvait ravissante ; pourtant, la vue d'Andrea le rendait toujours un peu triste. Sous toute cette beauté se cachait quelque chose d'insaisissable – et ce n'était pas sans rapport avec ce qu'il venait de sortir de son sac à dos. L'un des livres qu'Andrea Cremmen affectionnait tant. Le poids de l'ouvrage ne l'embarrassait pas du tout (Carl aimait que les volumes pèsent leur poids : ni aussi légers qu'une tablette de chocolat, ni aussi lourds qu'un litre de lait), c'était la *pesanteur* du contenu qui l'inquiétait.

– C'est un bon livre ? demanda Andrea Cremmen en redressant la boucle de la ficelle autour du paquet.

– D'après ce que j'ai entendu dire, *La Rose des ombres* n'a rien à envier aux autres œuvres de son auteure.

– Est-ce tragique comme il se doit ?

Ce fut au tour de Carl de sourire. Sa cliente et lui avaient passé un accord tacite. Les romans qu'il lui apportait étaient toujours des drames qui se terminaient de façon tragique. Autrefois, il lui avait parfois recommandé des livres au dénouement heureux, mais jamais ils n'avaient plu à Andrea. Elle les trouvait trop éloignés de la réalité. Andrea Cremmen aimait les romans dans lesquels l'héroïne souffrait et mourait, ou finissait seule et malheureuse. Un épilogue ouvert ne lui semblait acceptable que s'il permettait d'imaginer l'une ou l'autre issue.

— Je ne vous en dirai pas plus, comme d'habitude, répondit Carl. Alors, qu'avez-vous pensé du dernier ?

Andrea Cremmen prit une grande inspiration, puis secoua la tête.

— Il était tellement triste ! Elle se laisse emporter par le courant à la fin… Pourquoi ne pas m'avoir prévenue ? lui reprocha-t-elle avec une petite moue feinte.

— Je n'en ai pas le droit.

Avant, il emballait systématiquement les livres dans du papier cadeau gai et coloré. Mais cela lui avait semblé trompeur.

— Vous m'en apporterez un autre la semaine prochaine ? J'ai entendu parler d'un roman qui se passe en hiver, au Groenland. Il y fait nuit tout le temps. Et l'héroïne vient de perdre son enfant. Vous le connaissez ? Je trouve que c'est un très bon sujet.

Carl savait à quel livre Andrea Cremmen faisait allusion. Il avait cependant espéré qu'il n'attirerait pas l'attention de sa cliente.

— Je vous l'apporterai.

Carl n'ajouta pas qu'il en serait heureux, car ce n'était pas le cas.

— Pouvez-vous me conseiller autre chose encore ?

— Oui, une nouveauté, un roman policier dont l'action se déroule dans notre ville. Je ne l'ai pas encore lu, mais j'ai entendu dire que c'était plutôt divertissant.

Andrea Cremmen fit un geste de dénégation.

— Vous pensez que ça pourrait me plaire ?

Carl mettait un point d'honneur à ne pas mentir. Une fois proféré, un mensonge ne pouvait plus être rattrapé.

— Non, répondit-il donc.

— Je suis du même avis.

— Mais ça pourrait vous faire rire, reprit Carl. Et vous avez, si je puis me permettre, un rire très agréable. Je suis sûr que vous connaissez cette maxime de Chamfort : « Une journée sans rire est une journée perdue. » Et nous disposons de trop peu de jours ici-bas pour nous permettre d'en perdre.

Carl ne lui avait encore jamais confié ce genre de chose. Peut-être la tristesse d'Andrea était-elle plus palpable ce jour-là, peut-être l'avait-il sentie ? Il l'ignorait. Sa bouche prononçait parfois des phrases sans avoir reçu l'approbation de sa tête.

Andrea Cremmen cessa de sourire, sa lèvre inférieure se mit à trembler légèrement.

— Vous venez d'éclairer ma journée. Merci !

Et elle referma vivement la porte.

Pour Carl, ce n'était pas Andrea Cremmen qui avait pris congé, mais la triste Effi Briest[1], mariée trop jeune, au destin aussi tragique que celui

---

1. Effi Briest est le personnage éponyme du roman de l'écrivain allemand Theodor Fontane publié en 1896.

des héroïnes des nombreux romans que lisait sa cliente. Carl aurait tant voulu faire plus pour elle que d'apporter des livres racontant les épreuves et la souffrance d'autres femmes sans procurer le moindre soulagement…

Derrière la porte, Andrea Cremmen réprimait ses larmes. Elle aurait aimé confier à Carl ce qui s'était passé le jour même. Mais pour cela, il aurait fallu qu'elle le revive, et elle s'y refusait. Les mains tremblantes, elle déballa le paquet et se mit à lire dans l'entrée.

Dès la première page, une femme se suicidait.

À peine Carl eut-il fait quelques pas qu'il entendit un léger grognement près de lui. Lorsqu'il baissa les yeux, il vit un chat maigre à trois pattes qui le regardait, la fourrure ébouriffée, les oreilles déchirées par toutes sortes de combats. Carl ne savait pas s'il s'agissait d'un mâle ou d'une femelle, ni où se trouvait son foyer… s'il en avait un. Mais il savait que le chat et lui étaient bons amis. Comme d'autres avaient un animal de compagnie, lui avait un animal de promenade.

– Bonjour, Chien, dit-il en souriant.

Il avait donné ce nom au chat parce qu'il se comportait comme son cousin canin. Il marchait à ses côtés, reniflait les parages et marquait son territoire. Chien ne miaulait pas, il grognait. Quand Carl était avec ses clients, Chien ne s'asseyait jamais, Chien se couchait. Il pouvait se coucher n'importe quand, n'importe où, même sur la rampe d'escalier la plus étroite.

Chien se plaqua contre la jambe de Carl, puis il s'élança devant lui et se retourna pour le fixer avec impatience. L'animal doué d'intelligence semblait savoir qu'au troisième livre déposé ce jour-là il recevrait à manger. Quatre rues plus loin, au niveau de la fontaine d'Elisenbrunnen, vivait l'exact opposé d'Effi Briest, une vieille dame d'une extrême gaieté vêtue de tenues bariolées. Elle portait souvent des chaussettes ou des chaussures dépareillées, ou alors une bretelle de sa salopette pendait à moitié sur son épaule. Chez elle, tout s'entassait à la manière de montagnes entre lesquelles couraient des ravins et d'étroites vallées. La vieille femme rappelait à Carl le personnage d'un livre pour enfants, Fifi Brindacier, une petite fille délurée qui remodelait le monde à sa guise. Mais la vieille dame, elle, ne mettait plus les pieds dehors, car l'extérieur l'effrayait.

L'événement qui avait provoqué cet effroi remontait à un peu plus de sept ans. Après une magnifique journée d'été passée dans le jardin avec son mari, à l'ombre d'un noyer, une pluie d'orage s'était mise à tomber, laissant bientôt place à une violente tempête. Une fois dans leur maison, ils s'étaient rendu compte qu'ils avaient négligé de rentrer les poubelles – ce dont les voisins aimaient se plaindre. Son mari était donc ressorti en pleine tempête bien qu'elle eût tenté de l'en dissuader. « Ce sera vite fait, avait-il assuré, je reviens tout de suite. » Qu'aurait-il bien pu lui arriver ? Une tuile s'était pourtant détachée du toit et le vent l'avait transformée en un projectile contre lequel son crâne n'avait aucune chance.

Depuis, la vieille dame se moquait totalement de ce que pensaient les voisins. Et elle n'était plus jamais sortie de chez elle.

En ouvrant la porte, Mme Brindacier ne disait jamais : « Bonjour, monsieur Kollhoff » ou « Contente de vous voir ». Elle lâchait des mots comme « Mazout laineux », « Il dirigeait une concrétion automobile » ou encore « Élevage de mitraille ». Ce jour-là, lorsque Carl sonna, elle lui lança, affichant un large sourire : « Batrospection. »

Il revenait maintenant à Carl de trouver, au pied levé, une définition qu'elle jugerait crédible.

– La batrospection désigne le chemin à emprunter pour découvrir ce qui constitue le cœur de notre intimité. Le terme fait référence au *Roi-Grenouille*, que l'on trouve au début des *Contes de l'enfance et du foyer* des frères Grimm. Le concept de batrospection pose l'hypothèse que chacun a en lui un batracien, un crapaud qu'il doit transformer en prince charmant par le miracle de l'amour – dans le conte de fées, par un baiser. Il est apparu pour la première fois dans la littérature en 1923, dans l'œuvre de Sigmund Freud *Le Moi, le Ça et le Crapaud.*

Mme Brindacier lui tendit un bonbon à la cerise pour le récompenser. Quand la définition ne lui convenait pas, Carl recevait un bonbon au citron. En contrepartie, il lui remit le livre qu'elle avait commandé, dont le papier d'emballage était toujours orné d'une grande fleur rouge. Mme Brindacier lisait de tout, des romans d'aventures classiques aux ouvrages humoristiques en passant par la science-fiction. Cependant, l'histoire devait être légère pour l'empêcher de redescendre sur le plancher de la réalité.

— J'aurai une autre définition à vous demander après-demain, annonça-t-elle. Ce sera corsé !

Avant de refermer la porte, elle se pencha vers Chien et lui offrit, sorti de la poche de son pantalon, quelque chose dont il ne fit qu'une bouchée.

Bien que son sac à dos soit vide, Carl avait encore un client à voir. Il prenait plaisir à ces visites, car cet homme possédait le baryton le plus chaleureux que Carl ait jamais entendu. Si l'on avait pu recouvrir un canapé avec le timbre moelleux d'une voix, nul doute que l'on aurait choisi celle de son client. Pour Carl Kollhoff, il était « le liseur », incarnant le jeune Michaël Berg du célèbre roman de Bernhard Schlink, qui, épris d'une femme de vingt ans son aînée, lui faisait la lecture. Le client de Carl, lui, se produisait devant les ouvrières d'une manufacture de cigares. Fondée à peine quelques années plus tôt, elle demeurait la seule du pays. Dans le cadre d'une opération marketing, la direction s'était offert les services d'une personne qui lisait à voix haute durant le temps de travail, comme c'était la coutume à Cuba. Le liseur ne gagnait pas grand-chose, mais il aimait tant son travail qu'il portait en permanence une écharpe autour du cou pour tenir ses cordes vocales au chaud. Et, en dehors de ses heures de service à la manufacture, il parlait le moins possible pour préserver sa voix. Aussi, le fait qu'il ait appelé Carl pour lui demander de lui apporter des pastilles pour la gorge, disponibles uniquement à la pharmacie voisine de la librairie, constituait un petit événement en soi. Le liseur ne voulait pas sortir, car une vague de grippe avait déferlé sur la ville. Sans doute était-ce aussi par crainte de l'épidémie qu'il s'était contenté d'entrebâiller sa porte ce jour-là. Après avoir accepté la boîte de pastilles et offert à Carl un sourire reconnaissant, l'argent qu'il lui devait ainsi qu'un généreux pourboire (que Carl refusa tout net, sachant le peu que possédait le liseur), il prit aussitôt une pastille dans la boîte et referma immédiatement la porte de l'appartement qu'il louait sous les toits, dans un immeuble-dortoir dépourvu de tout ce qui aurait pu conférer au lieu un peu de beauté ou de charme et qui rappelait davantage un ensemble de cages dans lesquelles on enferme les poules.

Quand son sac à dos était vide, Carl se sentait toujours triste, il était temps pour lui de rentrer chez lui. Certes, il aimait son appartement, mais Chien ne l'y suivait jamais, et personne n'attendait derrière la porte pour se frotter contre ses jambes et lui adresser un regard plein d'espoir, dans l'attente d'une caresse. À la fin de son trajet, Carl traversait le cimetière de la ville. Cela l'apaisait. Savoir où son chemin s'achèverait un jour atténuait la peur inhérente à sa propre disparition. Il le devait notamment à la beauté des lieux. Au centre du cimetière, qui avait été construit quelque deux cents ans plus tôt, se dressait une grande statue de la Faucheuse au crâne osseux, qui semblait sourire d'un air entendu.

La sonnette de l'appartement de Carl indiquait « E.T.A. Kollhoff ». Il y avait là un mensonge, ou plutôt un demi-mensonge puisque seules les initiales du prénom étaient erronées. Carl avait toujours admiré l'écrivain E.T.A. Hoffmann, en raison même de ses initiales – qui pouvait en effet se targuer d'en posséder trois ? J.R.R. Tolkien, ou le compositeur C.P.E. Bach. Trois initiales n'avaient rien d'ordinaire ; beaucoup de choses pouvaient s'y dissimuler, comme si elles renfermaient un secret… ne serait-ce que la réponse à cette question : pourquoi le détenteur d'un triple prénom ne l'écrivait-il pas en toutes lettres ?

Il arrivait que le courrier soit retourné à l'expéditeur lorsqu'un nouveau facteur ignorait que Carl se cachait derrière ces initiales. Mais il s'obstinait à garder cette étiquette, il avait maintenant soixante-douze ans et, de toute façon, ne recevait plus beaucoup de lettres. Et si une missive lui parvenait malgré tout, elle ne représentait jamais une occasion de se réjouir, aussi pouvait-elle bien effectuer un tour supplémentaire au centre de tri.

L'appartement de Carl possédait trop de pièces. Il comptait trois chambres, un salon, une petite cuisine, une salle de bains sans fenêtre et des toilettes. Les chambres lui faisaient parfois penser à des plates-bandes sur lesquelles rien n'avait jamais poussé. À l'origine, deux d'entre elles étaient destinées à ses enfants. L'une, qui aurait dû être celle de sa fille, avait vue sur la cour intérieure verdoyante, et l'autre, celle de son fils, donnait sur la rue pour regarder les voitures passer. Mais Carl n'avait jamais rencontré de femme avec qui avoir des enfants. Il avait tout de même gardé l'appartement. Le loyer n'avait pas augmenté depuis des décennies, sans doute l'avait-on oublié.

Il vivait là avec sa famille de papier, protégée de la lumière et de la poussière derrière des vitrines en verre dépoli. Les livres voulaient sans cesse qu'on les lise. Comme les perles demandaient qu'on les porte pour révéler tout leur éclat, et comme les animaux avaient besoin qu'on les caresse pour se sentir aimés. Parfois, il semblait à Carl que tous les mots de ces ouvrages étaient constitués de ses propres cellules, mais il savait bien qu'au fil des ans et des lectures il avait simplement fini par les assimiler.

Carl comprenait les gens qui collectionnaient les livres comme d'autres collectionnaient les timbres. Qui aimaient caresser leur dos du regard à l'idée qu'entre les pages vivaient des personnages auxquels ils se sentaient liés par une communauté d'âme. Ou un destin qu'ils auraient aimé partager. Ces gens rassemblaient leurs livres autour d'eux comme s'il s'agissait de colocataires devenus de proches amis.

Carl accrocha sa veste verte à une patère derrière la porte, son sac à dos à côté, lissa l'une et redressa l'autre. Puis il se rendit dans sa petite cuisine et s'assit à la table en Formica pour beurrer et saler une tranche de pain noir, qu'il accompagna d'un verre de jus de choucroute avant de manger une pomme verte coupée en quatre.

À l'époque, l'annonce immobilière prétendait que l'appartement possédait un balcon. En réalité, ce n'était qu'une balustrade en fonte derrière la porte-fenêtre à double battant, à côté de laquelle Carl avait installé son vieux fauteuil à oreilles. Un livre y était posé, dans lequel un ticket de caisse servait de marque-page. De cet endroit, Carl pouvait observer la vieille ville, comme ce soir-là. Il aimait voir si l'un de ses clients était sorti ou si Chien se promenait sur les toits, ce qu'il ne faisait jamais. Carl lisait toujours jusqu'à 22 heures précises, puis il se lavait et allait se coucher. Quand il remontait sa couverture, il savait que le lendemain il aurait de nouveau l'occasion d'apporter quelques livres très spéciaux à ses clients très spéciaux.

2.

L’inconnu

En se réveillant, Carl se sentit une fois de plus comme un livre qui aurait perdu quelques pages. Au cours des derniers mois, ce sentiment s’était renforcé et il avait l’impression qu’il ne restait plus beaucoup de papier dans la reliure de sa vie.

Il se prépara une tasse de café dans la cuisine. La chaleur gagna ses doigts engourdis de sommeil, comme si un poêle miniature s’était allumé dans la porcelaine. En même temps que la chaleur, un peu de bonheur se répandit dans tout son corps, telle une douce vague. Carl ne possédait que des tasses en porcelaine fine, même si elles étaient plus chères et plus fragiles. Avec des tasses aux parois épaisses, il n’aurait pas éprouvé la moindre sensation.

La journée défila comme une pellicule en noir et blanc à gros grain, qui ne permet de distinguer que les contours des scènes. Il fallut que la clochette au-dessus de la porte annonce son entrée dans la librairie, à 18 h 30, pour que les couleurs affluent de nouveau dans la vie de Carl Kollhoff.

Sabine Gruber était retranchée derrière le comptoir. Elle se tenait debout, délibérément, pour qu'aucun client ne puisse apercevoir l'article de journal dans un cadre doré, suspendu au mur derrière elle. Illustré d'une photo couvrant la moitié de la page, il racontait les livraisons de Carl. Elles avaient même donné lieu à un reportage à la télévision. Après sa diffusion, de nombreuses personnes avaient commandé des romans que Carl leur avait apportés à domicile. Mais le charme de la nouveauté s'était vite dissipé, et les clients s'étaient aperçus qu'ils étaient des téléspectateurs avant d'être des lecteurs.

Il y avait ce jour-là deux livres dans la caisse de Carl. C'étaient de petits volumes, mais ils lui parurent lourds lorsqu'il mit son sac sur son dos.

Assis sur la moquette à côté du présentoir aux cartes de vœux qu'il n'avait pas nettoyées, Leon fixait son téléphone portable avec fascination, tandis que le livre de Nick Hornby sur le football gisait toujours sur la table, intact. Même les mots de Hornby avaient du mal à s'élever dans le brouhaha polyphonique d'un réseau mondial.

— C'est l'heure de la patrouille ? demanda Leon sans quitter l'écran du regard.

— Je ne suis pas policier, objecta Carl. Je distribue des livres à domicile. Seul leur contenu pourrait éventuellement se révéler criminel.

— C'est pas ennuyeux à la longue ? s'enquit Leon, qui n'avait toujours pas levé les yeux.

Carl avait beau percevoir que sa réponse intéresserait peu son interlocuteur, quand on lui posait une question, il répondait. Honnêtement et de manière détaillée si la situation l'inspirait.

– Je suis comme l'aiguille d'une horloge. On pourrait penser que cette aiguille éprouve de la tristesse à force de parcourir le même trajet pour toujours revenir à son point de départ. C'est le contraire : elle aime que son chemin et sa destination soient nettement tracés, elle sait ainsi qu'elle ne se trompe pas de direction, qu'elle est utile et précise.

Carl jeta un coup d'œil à Leon, mais celui-ci ne le regardait pas.

– Je comprends, lâcha-t-il seulement.

Redressant le col de sa veste, Carl sortit, imprégné d'un sentiment de bien-être à l'idée de la mission qui l'attendait. Il ignorait qu'une autre allait commencer ce jour-là, qui serait bien plus lourde qu'un sac à dos rempli à craquer.

C'était une journée d'automne qui rêvait de l'été. La place de la Cathédrale était baignée de lumière, les vieux murs semblaient plus jeunes, la vieille ville rafraîchie.

Dès que Carl Kollhoff posa le pied sur les pavés, polis par les innombrables semelles en cuir de nombreuses générations, il eut de nouveau l'impression d'être observé. À tel point qu'il s'arrêta pour examiner les environs, tournant sur lui-même comme la lumière d'un phare. Les gens le dépassaient telles des embarcations, certains à l'allure folle d'un hors-bord, d'autres dérivant lentement comme un radeau. Mais aucun ne regardait dans sa direction.

Carl devait reprendre sa marche sans plus tarder pour respecter son emploi du temps, il sentait littéralement les secondes s'écouler dans ses jambes impatientes. Il se remit donc en route, essayant en vain de se débarrasser de cette impression persistante comme d'une mouche agaçante.

Soudain, une petite fille aux cheveux sombres s'approcha de lui et régla son pas sur le sien.

Elle ressemblait trait pour trait à l'héroïne d'*Un château pour la princesse*, un livre illustré à la fin duquel se trouvaient différentes robes munies de Velcro, destinées à habiller la princesse. Elle rappelait aussi la petite fille de *Lily et le gentil crocodile*, qui combat le méchant Kaspar avec l'aide du grand reptile. Cependant, pour que la ressemblance soit plus frappante encore, il aurait fallu que ces fillettes de fiction soient affublées d'une veste d'hiver jaune vif, avec de gros boutons en bois, ainsi que de collants en laine jaune et de petites bottes beiges bordées de peau de mouton. Mais le détail le plus saisissant de sa tenue était certainement le casque en cuir auquel étaient fixées des sortes de lunettes d'aviateur, un accessoire de pure fantaisie qui n'habilitait pas à piloter un avion à hélice. Par ailleurs, le visage de l'enfant était criblé d'un grand nombre de taches de rousseur, comme si le pollen d'un tournesol s'y était répandu. Ces petits points semblaient particulièrement attirés par la délicatesse gracieuse du nez retroussé de la fillette. Ses yeux étaient d'un bleu clair, qui évoquait davantage le ciel que la mer.

– Bonjour, je m'appelle Schascha. J'ai neuf ans.

Elle avait prononcé ces phrases non pour formuler une requête, mais à titre d'information, comme si elle ne s'attendait pas à ce que Carl donne son nom et son âge en retour. Schascha était aussi plutôt petite, ce qui lui valait beaucoup de moqueries à l'école. Elle se trouvait un peu trop grosse, mais ses rondeurs n'étaient rien d'autre que les réserves que constitue le corps d'un enfant avant un pic de croissance.

Carl ne ralentit pas le rythme, les livres devaient atteindre rapidement leurs lecteurs. Bien qu'il ne s'agisse certes pas de légumes, à ses yeux ils devaient être traités comme des denrées périssables.

– Tu n'as pas peur de moi ?

– Nan.

– Tu n'as sûrement pas le droit de suivre un inconnu.

– Tu n'es pas un inconnu, je te connais.

– C'est faux.

– Je te vois tous les jours traverser la place de la Cathédrale. De ma fenêtre. Depuis que j'ai l'âge de penser, en fait. Et j'ai commencé à réfléchir très tôt, c'est ce que dit mon papa. Je n'ai jamais arrêté. Tu as toujours été là. Comme le son des cloches de la cathédrale. Donc je te connais.

Les mots jaillissaient de sa bouche comme d'une fontaine.

— Si tu me connais, alors quel est mon nom ?

— Je ne sais pas comment s'appellent les cloches de la cathédrale, pourtant je les reconnaîtrais entre toutes, même parmi cent mille millions d'autres cloches. Tout comme je pourrais te reconnaître au milieu d'un grand nombre de personnes.

Carl n'était pas convaincu par ce raisonnement qui lui semblait très enfantin.

— Tu ne me connais pas vraiment, autrement dit je suis bien un inconnu.

— Tu es le passeur de livres. C'est comme ça que je t'appelle. Donc tu as un nom, et je le connais.

Carl soupira.

— Si tu m'observes depuis longtemps, tu as sûrement remarqué que je marche toujours seul.

— Pas de problème, tu marches seul et je marche seule près de toi.

— Non, trancha Carl. C'est impossible.

Il avait beau aimer les enfants, il ne les comprenait pas. Sa propre enfance remontait à si loin qu'elle lui faisait l'effet d'un Polaroid délavé. Et à mesure qu'il vieillissait, les enfants restant toujours des enfants, la distance entre eux et lui n'avait cessé de croître. Désormais, il ne savait plus comment la franchir.

Il planta là Schascha.

Le lendemain, Schascha était de retour. Au début, elle ne dit rien, se contentant de marcher à côté de lui et de l'observer. Puis :

— J'ai beaucoup réfléchi la nuit dernière, pour savoir si tu pouvais être dangereux. Parce que tu m'as demandé si je n'avais pas peur de toi.

Elle désigna alors les pieds de Carl et poursuivit :

— Mais ta façon de marcher ne m'a pas l'air dangereuse.

Carl regarda ses pieds avancer. Il ne s'était jamais demandé s'il se déplaçait d'une manière qui puisse évoquer un quelconque danger. En revanche, il avait réfléchi la veille au soir à ce qu'il ferait si Schascha revenait : ne surtout pas accepter qu'elle l'accompagne dans sa ronde. Aussi déclara-t-il :

— Peut-être que j'ai l'air dangereux quand je suis au coin d'une des ruelles étroites de la vieille ville, va savoir.

— Je ne pense pas, fit Schascha en secouant la tête.

Ses boucles sombres s'agitèrent.

— Je pourrais y enlever des enfants !

— Même pas vrai, lâcha Schascha, nullement impressionnée.

— Tu veux que je te le prouve ?

— Tu es trop lent.

— Tu en es sûre ? Tu veux que je t'attrape ?

— Sérieux ? demanda-t-elle, baissant le menton et levant des sourcils sceptiques.

— Je vais le faire !

— Tu te lances ou tu ne fais que parler ?

Carl se mit à tourner autour de Schascha, qui ne cessait de le fixer. Il attendit qu'elle cligne des yeux pour tendre le bras, mais elle esquiva. D'un petit pas de côté, rien de plus. Il tendit encore le bras, mais elle l'évita de nouveau sans effort. Elle riait.

— On joue souvent à chat perché à l'école ! J'arrive toujours deuxième. Svenja est la meilleure, mais elle est la meilleure partout de toute façon, donc ça ne compte pas. En plus, elle est super méchante, elle te donne une note en tant qu'amie, et elle en change tout le temps.

Carl renonça à tenter d'attraper Schascha. Il s'était déjà assez ridiculisé. Il espérait que personne ne l'avait observé : sa réputation en aurait souffert. Schascha le regardait avec un large sourire.

— Tu n'as pas peur de moi, mais on dirait que tu as peur de Svenja.

Elle hocha la tête.

— À fond. Comme tout le monde. Il vaut mieux avoir peur d'elle. Toi aussi tu aurais peur.

Carl ne put s'empêcher de rire. Ce faisant, il avait l'impression qu'une vieille machine rouillée se remettait en marche.

— Tu ris bizarrement, commenta Schascha. Comme si tu n'y arrivais pas vraiment.

— Tout le monde sait rire.

— Non, pas ma tante Bärbel, elle ne rit jamais. Là d'où elle vient, on ne rit pas.

— Et d'où vient-elle ?

— De Suède, je crois.

— Et pourquoi ne rit-on pas en Suède ?

— Parce qu'il y fait trop froid l'hiver. Quand on ouvre la bouche pour rire, l'air froid souffle sur les dents et ça fait un mal de chien. C'est pour ça qu'ils ne font que sourire. Ma tante Bärbel agite bizarrement les mains quand elle trouve que quelque chose est drôle, et parfois, elle se dandine sur place.

Carl tourna dans la rue Salieri.

— Tes parents doivent se demander où tu es, ils sont certainement inquiets.

— Mon père est encore au travail et ma maman est morte.

Carl s'arrêta et plongea son regard dans les yeux bleus de Schascha.

— Je suis désolé.

— Désolé de quoi ?

Carl réfléchit avant de répondre.

— De ces deux choses. Mais beaucoup plus de la seconde.

— Maman n'est qu'une photo sur la commode de l'entrée, je ne me souviens pas d'elle. Donc je n'ai pas à être triste de sa mort, je suppose.

Elle montra sa bouche et sourit avant de reprendre :

— Papa dit que j'ai le sourire et le rire de maman. C'est pour ça que j'aime tellement rire. Comme si maman riait toujours avec moi. Est-ce que ta maman rit aussi avec toi ?

Carl n'avait aucune envie de parler de sa mère, là tout de suite.

— Mais si ton père rentre à la maison et ne t'y trouve pas…

— Il a l'habitude ! Je suis souvent dehors. Papa ne s'inquiète jamais. Tu n'as pas à te faire de souci non plus.

Depuis que sa femme était morte et qu'il manquait un salaire, le père de Schascha faisait régulièrement des heures supplémentaires dans son entreprise de construction métallique. Sinon, sa fille et lui auraient dû déménager, et il ne voulait pas lui infliger ce changement. Il refusait qu'elle perde aussi son cercle d'amis.

— Je me suis dit que j'allais t'accompagner aujourd'hui. Je veux savoir où tu vas d'habitude. Je te vois seulement sur la place de la Cathédrale, et ensuite plus du tout. Je me suis souvent demandé où tu allais. Alors j'ai imaginé des endroits, je les ai même dessinés ! Mais maintenant je veux savoir. Parce que je suis curieuse. Si curieuse que j'ai fini par venir te voir.

La villa de Darcy ne se trouvait plus très loin.

— Il y a un dicton anglais qui dit : la curiosité a tué le chat.

Schascha interrogea Carl du regard.

— Autrement dit, tu ne m'accompagnes pas. Et c'est mon dernier mot.

Le lendemain soir, Schascha était de retour. Elle avait concocté un plan astucieux. Quels que soient les arguments qu'elle présentait pour que Carl la laisse venir avec lui, il en possédait de meilleurs encore à lui opposer. Par conséquent, elle ne prononcerait pas un mot et se contenterait de l'escorter.

À chacun de ses pas, Carl s'attendait à ce qu'elle parle, mais elle n'en faisait rien. Ne sachant quoi lui dire, il se taisait lui aussi. Ils marchèrent donc côte à côte un bon moment. Et pendant ce temps, le calme de Schascha vainquit les réticences de Carl, qui décida de la laisser le suivre – tout en pensant qu'il était sûrement en train de commettre une erreur.

— Bon, mais tu ne dis pas un mot. Reste tranquille ! déclara-t-il en baissant les yeux vers elle.

— Oui.

— Et ne fais pas de bêtises. Tous les enfants en font.

— Moi jamais.

— N'embête pas mes clients !

— Je n'embête jamais personne.

— C'est seulement pour aujourd'hui ! Je fais une exception. Tu sais ce qu'est une exception ?

— Bien sûr. Je ne suis plus une enfant, j'ai presque dix ans !

Schascha devait faire deux enjambées et demie quand Carl en faisait une seule. Le battement régulier des semelles en cuir du vieil homme s'accompagnait d'un pas précipité, comme emmêlé. Lorsque la villa de Mr. Darcy apparut devant eux, Carl s'arrêta et prit une profonde inspiration.

— Mr. Darcy est un très bon client. Il lit presque un livre par jour.

— En entier ?

— Oui.

— Waouh, lâcha Schascha avec un signe de tête approbateur. Je suppose qu'il ne fait pas grand-chose d'autre.

Elle contempla la villa.

— Sa maison doit être remplie de livres, alors. Jusqu'au plafond.

Pour Schascha, une maison remplie de livres était le paradis. Ou du moins un des paradis qu'elle puisse imaginer. Il y en avait un autre plus classique, avec des arbres à barbes à papa et des fontaines de chocolat. Schascha estimait normal d'avoir toute une collection de paradis.

— Je ne crois pas que Mr. Darcy soit très à l'aise avec les enfants, la prévint Carl en actionnant la cloche.

Et, à cet instant, il se sentit clairement un point commun avec lui.

Le propriétaire de la villa ouvrit et referma aussitôt la porte, car il avait aperçu Schascha et pensait qu'elle faisait la quête pour une œuvre de charité. Darcy détestait donner sans intermédiaire. Il virait chaque année un dixième de ses bénéfices à des œuvres de bienfaisance, mais mettre de l'argent dans la main de quelqu'un lui laissait l'impression déplaisante de faire amende honorable.

Carl sonna une nouvelle fois.

— C'est moi, monsieur von Hohenesch. Carl Kollhoff, de la librairie La Porte de la ville.

La porte se rouvrit.

— Que veut cette enfant ?

— Elle m'accompagne. Elle est très bien élevée.

Ce n'était pas une constatation, mais une injonction à l'intention de Schascha.

— Combien de livres avez-vous ? demanda alors celle-ci. En les comptant tous.

Darcy se contenta de secouer la tête, comme s'il n'avait pas compris la question.

— Je compte bien, reprit Schascha en se faufilant à côté de lui. Je compte même très bien. Les filles seraient mauvaises en maths ? N'importe quoi ! Dire que les filles sont nulles en sport, c'est pareil. Moi, je peux carrément courir et compter en même temps ! Je vous montre ?

Schascha n'attendit pas la réponse. Son expérience lui avait appris qu'on pouvait en recevoir de négatives. Elle se précipita dans la villa, qui semblait tout en couloirs aux murs couverts de tableaux et de velours, en escaliers et rampes, en portes et fenêtres.

En revanche, il n'y avait ni gens ni livres. Schascha, qui s'était attendue à voir des ouvrages partout, n'en remarquait pas un seul.

— Halte-là, petite ! entendit-elle crier derrière elle, mais elle fit comme si l'on s'adressait à quelqu'un d'autre.

Schascha fit soudain irruption dans une immense pièce presque vide avec un canapé en cuir brun foncé, une cheminée ancienne où brûlait un feu, et une table en marbre sur laquelle se trouvaient un ordinateur portable et trois livres.

— Trois ? s'exclama-t-elle. Seulement trois ? Où sont les autres ? Dans la cave ?

Elle s'apprêtait à repartir en courant lorsque Darcy et Carl entrèrent à leur tour.

— Je suis vraiment navré, s'excusa Carl. Je ne m'attendais pas à un tel comportement.

Il était, en effet, terriblement confus. Il cherchait à être obligeant avec ses clients fidèles, les rares qui lui restaient, et voilà que Schascha en traitait un sans ménagement, sous ses yeux ! Pourquoi fallait-il qu'elle ait justement choisi Mr. Darcy ? Le plus réservé de tous, le plus désireux de protéger sa vie privée. Et Carl lui-même, pourquoi n'était-il pas resté ferme, pourquoi l'avait-il laissée l'accompagner ? Il n'était qu'un vieil homme stupide ! Quant à cette enfant, il allait immédiatement la ramener chez elle et attendre que son père rentre du travail pour lui demander de veiller à ce qu'elle ne l'importune plus jamais.

Darcy s'approcha de la fillette. Qu'allait lui dicter la colère ?

— Tu ne trouveras pas d'autres livres, déclara-t-il d'une voix soudain chaleureuse. Il n'y en a que trois dans la maison.

Effrayée, Schascha jeta un coup d'œil vers la cheminée.

— Vous les brûlez ?

Darcy s'assit sur le canapé.

— Viens par ici, s'il te plaît.

Schascha n'hésita pas. Elle vivait encore dans un monde où les riches étaient forcément gentils, sans quoi ils ne seraient pas aussi riches. Un point de vue qui changerait avec les années.

— J'aime beaucoup les livres. Je ne les brûle pas. Même si je pense qu'on peut le faire, mais seulement à titre exceptionnel, pour se réchauffer quand l'hiver est glacial et qu'on risque de mourir de froid. Dans ce cas-là, les livres peuvent sauver la vie. Ils peuvent d'ailleurs sauver de bien des manières, en réchauffant les cœurs, et les corps aussi lorsque nécessité fait loi.

— Mais où sont passés tous vos livres, alors ?

— Tu sais, les gens oublient de plus en plus de lire. Pourtant, entre les couvertures, on découvre d'autres gens, avec leurs histoires. Dans chaque livre que tu ouvres, un cœur se met à palpiter, et ton propre cœur bat à l'unisson.

À présent, la voix de Darcy était triste. Ses yeux fixaient le feu, sans regarder Schascha. N'ayant pas l'habitude de s'exprimer, il n'y parvenait que s'il avait l'impression de se parler à lui-même. Et si tant est que ses paroles fussent destinées à quelqu'un d'autre, alors c'était à Carl, à qui il voulait dire tant de choses depuis si longtemps.

— Je suis un anachronisme. Et j'aime ça. Je suis lent dans un monde qui va de plus en plus vite. Je veux que les gens lisent, confia-t-il en prenant un ouvrage de la petite pile. Tout ce que j'ai lu est aussitôt envoyé à la bibliothèque de la vieille ville, pour que d'autres puissent en profiter avant que le livre ne jaunisse.

— Jaunisse..., répéta Schascha pour s'approprier le terme. Il est dégoûtant, ce mot. On dirait qu'il colle.

— Oui, exactement ! Il a l'air contagieux, comme une maladie qu'on attraperait en touchant les pages. Personne ne veut prendre en main un livre jauni. C'est un ouvrage lépreux, en quelque sorte. J'ai donné de l'argent à la bibliothèque de la vieille ville pour faire construire une annexe où seront conservés les vieux livres jaunis, pour éviter qu'ils ne vieillissent davantage. Comme une colonie de parias, si tu veux. Malheureusement, ils ne guériront jamais.

Schascha s'imagina les vieux livres jaunis, blottis les uns contre les autres dans une bibliothèque sombre... ce qui la rendit triste. Et ce qu'elle voyait dans cette pièce l'attristait aussi – tout ce vide, ces murs nus et froids.

— Il y a sûrement quelques livres que vous avez vraiment beaucoup aimés. Ceux-là, on ne les donne pas, on veut les garder. Pour rien au monde je ne donnerais *Fantômette* !

— Ce sont précisément ces livres-là, les livres auxquels on s'est le plus attaché, dont il faut savoir se séparer pour que d'autres puissent aussi y trouver du bonheur.

— Vous parlez presque comme un prêtre.

Un sourire échappa à Darcy.

— J'ai parfois l'impression d'en être un, fit-il avant de se tourner vers Carl. Monsieur Kollhoff, vous avez là une petite compagne intelligente.

— Je suis aussi surpris que vous.

— Vous pourrez tout à fait revenir avec elle. Mais pour l'heure, j'ai encore du travail avant la fermeture de la Bourse dans une contrée du bout du monde.

Darcy aimait s'exprimer de manière assez désuète. Cela donnait un supplément d'âme aux jeux d'argent rationnels.

— La prochaine fois, je vous montrerai mon jardin, d'accord ? Cela fait belle lurette que je souhaite le faire découvrir à M. Kollhoff.

Carl n'était pas du genre à larmoyer. La dernière fois qu'il avait pleuré, c'était à quatorze ans, lorsqu'une fille lui avait brisé le cœur en lisant à ses amies, à la récréation, sa lettre d'amour aspergée du coûteux parfum de sa mère, avant de la jeter à la poubelle. Carl ne se souvenait plus de son nom, et ses glandes lacrymales avaient oublié depuis comment sécréter des larmes. Aussi ne ressentit-il, à cet instant, qu'un picotement au coin des yeux.

Mr. Darcy les raccompagna jusqu'à la porte, où ils se saluèrent poliment.

Carl regarda un long moment Schascha, qui essayait de tenir en équilibre sur une jambe dans la rue.

— Je sais ce que tu essaies de me dire, affirma-t-elle lorsqu'elle eut fini par trouver l'équilibre. Je n'aurais pas dû entrer en courant. Vraiment pas.

Carl hocha la tête.

— Tu veux aussi me dire que tu aurais aimé me tirer par l'oreille jusque chez mon père, ajouta-t-elle en levant un doigt de manière menaçante. Et m'ordonner de ne plus jamais, jamais, jamais revenir !

Carl ne hocha pas la tête.

— Mais maintenant que ce monsieur a eu la gentillesse de nous inviter tous les deux, tu ne peux plus le dire. Parce que finalement c'est une bonne chose que je sois entrée, même si au départ c'était mal. Du coup, tu ne sais plus quoi faire.

Il y a deux voix dans ta tête et tu ne sais pas à laquelle donner raison. Je te propose un marché honnête : je continuerai à t'accompagner. Et je me tiendrai bien. J'ai admis mon erreur et j'ai appris : ça mérite une récompense, non ?

— On dirait que tu as drôlement réfléchi.

— En suivant le long couloir chez le monsieur : à ce moment-là, tout a surgi dans ma tête.

— Je dois y aller, annonça Carl en se remettant en route. Mes clients attendent que je distribue les autres livres de mon sac.

— Et moi alors ? Je ne sais même pas comment rentrer à la maison à partir d'ici !

Carl s'arrêta.

— Tu as pensé à ça aussi dans le couloir ?

Schascha opina fièrement du chef.

— Au cas où les autres trucs ne suffiraient pas. Elle sourit innocemment, comme la plus adorable petite fille du monde.

Carl prit une profonde inspiration.

— Mais tu n'entreras plus jamais en courant dans une maison ou un appartement ? Même par curiosité ?

— Nan, plus jamais.

— Promis ?

Schascha s'approcha et tendit la main à Carl, qui la prit.

— Croix de bois, croix de fer, si je mens je vais en enfer.

Après chaque groupe de mots, elle lui serra la main : la promesse était scellée.

Ils rendirent visite à une religieuse qui vivait dans un ancien couvent bénédictin qu'elle ne quittait plus. Le Vatican avait décrété sa dissolution au bout de cinq cent dix-neuf ans d'existence, mais cette nonne avait refusé de partir, car c'était son foyer.

Or, à sa naissance, nul n'aurait pu deviner que sœur Maria Hildegard vivrait un jour dans un couvent. Son père était biologiste moléculaire et sa mère astrophysicienne. Tous deux croyaient fermement en la science. Ce qui ne pouvait s'expliquer par les chiffres n'avait pas droit de cité, et Dieu n'était jamais entré chez eux.

Pourtant, dès la maternelle, leur fille n'avait pas affirmé vouloir être princesse ou astrobiologiste (le rêve inavoué de ses parents), mais religieuse. Ses parents en riaient, pensant que cela lui passerait. Ils voulaient par ailleurs des petits-enfants, comme ils le disaient souvent. Seulement le souhait de leur fille grandit en même temps qu'elle. Il s'agissait d'un désir flou, de même qu'un nuage n'a pas de forme prédéterminée, mais est façonné par le vent, en sorte qu'il a toujours l'air différent, bien qu'il demeure le même. Après le bac, la jeune femme voyagea durant six semaines au Zimbabwe pour s'occuper d'enfants orphelins dans le cadre d'un projet de bénédictines. Parmi elles, la future sœur Maria Hildegard trouva la paix. Le soir, elle lisait le Nouveau Testament. Non pas comme elle le faisait à l'école, à la manière d'un devoir à rendre au cours suivant, mais de son propre chef et à son rythme pour tout assimiler. Elle rencontra ainsi un jeune homme du nom de Jésus qui lui indiqua un chemin à partager, lequel la conduisit dans un couvent de bénédictines. Là, pour la première fois de sa vie, elle se sentit vraiment à sa place. C'était comme rentrer chez soi quand on pensait ne pas avoir de maison. Sœur Maria Hildegard ne voulait plus quitter cet endroit très particulier, car jamais elle n'avait éprouvé un tel bien-être au-dehors.

Cependant l'archevêché avait déjà coupé l'électricité, l'eau et le chauffage, et émis un avis d'évacuation, sous peine d'amende. Mais grâce à un très ancien droit canonique, on ne pouvait pas expulser la religieuse de force. Si elle quittait les lieux d'elle-même, en revanche, on pouvait l'empêcher de revenir. Sœur Maria Hildegard, qui ignorait si elle se trouvait sous surveillance constante, ne voulait courir aucun risque. Carl ne lui livrait que des romans policiers. Chaque fois, il ajoutait un paquet de farine et un lot de bougies, pour lui assurer l'essentiel. Ils n'en parlaient jamais. Certains voisins de la nonne lui apportaient aussi régulièrement quelque chose, en espérant que les instances religieuses ne leur en tiendraient pas rigueur.

Carl ne savait rien du petit potager que cultivait sœur Maria Hildegard dans la cour intérieure du couvent. Il ne connaissait pas non plus l'existence du puits qui l'approvisionnait en eau potable. Il ignorait donc aussi qu'elle lui parlait toujours du temps en spécialiste car la météo était d'une importance primordiale pour ses plantations. Carl l'avait rebaptisée sœur Amaryllis en pensant au moine pieux du roman *Narcisse et Goldmund* de Hermann Hesse.

Schascha trouva très intéressant de rencontrer une religieuse. Elle voulut savoir si les sœurs ne mangeaient que des hosties, si elles avaient des cheveux sous leur coiffe (et de quelle longueur) et s'il existait des pyjamas spéciaux pour nonnes. Elle évita toutefois de demander s'il fallait tout laver à l'eau bénite. Une autre question, cependant, lui brûlait les lèvres :

– C'est vraiment vrai qu'en tant que bonne sœur vous ne pourrez jamais vous marier ?

– Je suis déjà mariée.

– Ouh là, et Dieu est au courant ?

Amaryllis rit.

– Dieu est mon époux.

– Eh bien, votre époux vit drôlement loin d'ici.

– Pourquoi ? Le ciel s'étend juste au-dessus de nous.

– D'accord. Mais vous ne pouvez pas voler, si ? demanda Schascha avant d'examiner attentivement l'habit d'Amaryllis.

— Je n'ai encore jamais essayé.

— Faites-le. Si vous êtes la femme de Dieu, je suis sûre qu'il aimerait vous avoir avec lui.

— Toutes les religieuses sont mariées à Dieu.

Schascha inclina la tête sur le côté.

— Je croyais qu'on n'avait le droit d'avoir qu'une seule femme, s'étonna-t-elle avant d'opiner du chef, visiblement parvenue à une conclusion. Ah, mais c'est Dieu, alors il n'est pas obligé de suivre ses règles.

Sœur Amaryllis en resta sans voix, et Carl prit rapidement congé en faisant mine de n'avoir rien entendu.

Le livre suivant, méticuleusement emballé, fut remis au docteur Faustus qui se prétendait professeur émérite, sans jamais avoir entamé d'études supérieures. Il aurait été suffisamment intelligent pour cela, mais ses parents n'avaient pas d'argent, si bien qu'il avait dû suivre le même parcours que son père et son grand-père avant lui, devenant contrôleur de train. Chaque jour, il essuyait des plaintes déplacées sur le non-respect des horaires, son incompétence ou son manque d'amabilité. L'inquiétude se lisait dans son regard nerveux, comme s'il était traqué. Et il était terrifié par les chiens, surtout les caniches. Pourtant, il souhaitait ardemment posséder un compagnon dévoué, un chien fidèle et distingué qui conviendrait à un érudit tel que lui. Une contradiction qu'il ne pouvait résoudre, malgré son intelligence.

Lorsque Carl avait voulu lui trouver un nom, la tâche s'était révélée presque trop facile. Le docteur Faustus lisait des essais historiques afin d'en réfuter le plus grand nombre de points possible dans autant de lettres adressées aux auteurs ou à leurs universités. Il en parlait à Carl, mais la plupart du temps sans s'attarder sur ses arguments. Ses explications, d'ailleurs, s'épuisaient comme des cours d'eau qui tarissent à force de se subdiviser. Et le docteur finissait toujours par fermer la porte en secouant la tête.

Quant à Mme Brindacier, elle avait réservé cette fois-ci à Carl une vilaine faute de frappe (« rez-de-chiassée »).

Entre ses livraisons, Carl se sentait toujours en harmonie avec lui-même et avec le monde. Il ne réfléchissait pas beaucoup, pas même au trajet : ses pieds s'en chargeaient. Ce jour-là, les choses étaient différentes. Si Schascha parlait très peu, sa présence changeait tout.

Carl se demanda brusquement pourquoi elle était là, au juste. Il se décida à lui poser la question.

— Tu ne joues pas avec d'autres enfants ? Ça ne se fait plus ?

— Si, si.

— Mais pas toi ?

— Si.
— Mais pas en ce moment ?
— Nan.
— Tu n'as pas d'amis ?
— Si.

Depuis qu'il échangeait avec les stagiaires de la librairie, Carl connaissait cette façon de répondre par monosyllabes. Surtout pas un mot de trop ! Il fallait probablement économiser son énergie pour la consacrer à d'autres activités.

— Et qui sont tes amis, alors ?

— Alex, Leila, Simone, Anna, Eva-Lina, Tim… Nan, plus Eva-Lina, elle est devenue prétentieuse et débile. Je peux donner le prochain livre ?

Carl adorait le moment où il remettait un livre emballé comme un cadeau. Il se sentait un peu, seulement un tout petit peu, dans la peau du père Noël – bien qu'il ne l'eût jamais admis.

— Non, impossible.
— S'il te plaît ! Rien qu'une fois !
— Désolé.
— S'ilteplaît-s'ilteplaît-s'ilteplaît !
— Nous verrons plus tard, mais pas avec Effi Briest.

C'était la dernière cliente ce soir-là.

— Non, maintenant ! Et je n'embêterai plus personne. Promis.
— C'est du chantage.
— Je sais. Ça marche ?

La maison d'Effi Briest apparut devant eux. Carl secoua la tête.

– C'est toujours non. Mais tu peux sonner.

– Ce n'est pas pareil !

– Peut-être, mais ça fait un joli bruit.

La sonnette jouait le carillon de Big Ben.

Un moment plus tard, Effi ouvrit, un peu essoufflée.

– Bonjour, monsieur Kollhoff, fit-elle avant de voir Schascha. Vous avez amené votre petite-fille aujourd'hui ?

Et elle lui tendit la main.

– Non, je m'appelle Schascha. Je l'aide. Il faut toujours aider les personnes âgées !

Carl se sentait vieux tous les jours, mais jamais autant qu'à cet instant-là. Comme si Schascha avait accroché à son cou une pancarte : « N'arrive pas à se débrouiller seul ».

– J'aime beaucoup les enfants, déclara Effi.

– Vous en avez ? s'enquit Schascha.

Elle pensait qu'il s'agissait d'une question simple à laquelle il suffisait de répondre par oui ou par non. Dans le cas d'Andrea Cremmen, cependant, il aurait fallu pour la résoudre non pas un mot, ni même un livre, mais une bibliothèque entière.

– Pas encore, résuma-t-elle.

Carl ôta son sac à dos et l'ouvrit pour en sortir le dernier livre de la journée.

– Je peux le donner ? demanda Schascha d'une voix douce comme du miel de lavande.

— Laissez-la faire, suggéra Effi. On dirait que ça compte beaucoup pour elle.

Carl hésitait. Il n'allait pas pouvoir accomplir la livraison de A à Z, pour la première fois depuis des dizaines d'années. Tout changeait, et trop vite. Il lui semblait que les muscles de ses mains refusaient d'obéir. Les menottes de Schascha étaient beaucoup plus rapides. Elle lui prit le paquet et le remit à Effi, bien trop précipitamment et sans cérémonie.

— Allez-y, déballez-le ! Je déchire toujours les papiers cadeaux très vite parce que je suis impatiente de savoir ce qu'il y a dedans ! dit Schascha en riant. Et je suis aussi curieuse de voir ce que contient votre paquet.

Il s'agissait de *La Fille de la rose des ombres*, la suite du roman à succès. Selon le texte imprimé sur la quatrième de couverture, la jeune jardinière surdouée, qui avait grandi dans un affreux orphelinat, vivait à présent des expériences encore plus épouvantables.

— Eh ben, ç'a l'air triste, lâcha Schascha lorsqu'elle aperçut, sur la couverture, une femme traversant tête baissée un marais en pleine tempête.

Effi feuilleta le livre.

— En effet, mais il y a beaucoup de vrai là-dedans. J'ai terriblement hâte de le lire, confia-t-elle avant de regarder Schascha. Tu m'apporteras un autre paquet ?

— Bien sûr, confirma Schascha. S'il m'y autorise.

— Monsieur Kollhoff, vous la laisserez faire, n'est-ce pas ?

Carl sourit.

— On verra.

— Ce qui veut dire « oui » pour M. Kollhoff, commenta Effi en se tournant vers Schascha.

Cela signifiait « non », Effi s'en doutait. Mais elle ne voulait pas que la phrase de Carl prenne un sens négatif. Tant qu'une chose n'était pas clairement énoncée, il existait une marge d'interprétation dont il fallait profiter.

Ils se dirent au revoir et Carl dut accepter un nouveau changement dans son emploi du temps millimétré pour ramener Schascha jusqu'à la place de la Cathédrale. Il ne pourrait pas rentrer directement chez lui, de ce fait il aurait moins de temps pour lire, terminerait son livre moins vite que prévu et ne pourrait commencer le suivant que plus tard. Dans une existence où tout était si bien réglé, le moindre grain de poussière venait gripper les rouages.

— Cette femme est gentille, déclara Schascha, apparemment décidée à traînasser. Mais quelque chose cloche chez elle.

— Je sais.

— Elle a feuilleté le livre très bizarrement. Tu l'as remarqué aussi ?

— Que veux-tu dire ?

— Je ne sais pas. Je ferai plus attention la prochaine fois. Elle ne feuilletait pas normalement, en tout cas.

— Effi est très spéciale.

Schascha se mit à sautiller.

— Au fait, pourquoi tu dis Effi Briest ? Et Mr. Darcy ? J'ai vu d'autres noms sur leur sonnette.

— Ce sont les noms que je leur donne. Des noms qui leur conviennent mieux. Les gens qui aiment lire méritent de porter le nom d'un personnage de roman.

— J'en mérite un, moi aussi ?

— Est-ce que tu lis beaucoup ?

— Assez pour ça !

— Quel nom te donnerais-tu ?

— J'ai demandé en premier !

— C'est faux, répondit Carl après avoir réfléchi.

— OK, bien joué. Mais demain tu m'en donneras un, d'ac ? Allez, salut, le passeur de livres !

Et Schascha s'éloigna en courant.

Carl décida de s'acheter du vin pour calmer un peu ses nerfs. De même qu'un vieux moteur avait besoin d'huile, lui avait besoin de vin. Il choisissait toujours du sylvaner de Franconie, au goût particulier de poire et de coing. Il aimait faire glisser le bout de ses doigts sur les bouteilles à large panse, si merveilleusement rondes, qu'on trouvait surtout dans cette région viticole.

Il en acheta deux : après tout, il était très probable que Schascha se montrerait de nouveau.

Le lendemain, Carl rendit visite à son ancien patron Gustav Gruber, à la maison de retraite Les Horizons de la cathédrale. Pourtant, on n'aurait pu espérer apercevoir l'édifice religieux qu'à condition de faire un bond de trois mètres sur le toit à pignon. Carl passait toujours à la résidence entre le petit déjeuner et le déjeuner. Il était important de ne pas déranger Gustav pendant un repas, qui, dans une maison de retraite, servait à mesurer l'heure. Après le déjeuner venait le goûter, puis le dîner et plus tard encore un digestif accompagné d'une friandise avant le coucher.

Autrefois, Gustav arborait des cheveux blonds comme les blés ; ils étaient toujours de la même couleur, mais teints. L'intensité de ce blond semblait se moquer de ses sourcils très clairsemés et du gris cendré de sa barbe. Gustav ressemblait maintenant à un clown qui n'aurait plus été capable de se grimer depuis longtemps. Mais son humour et sa sagesse s'attardaient dans ses pattes-d'oie et sa ride du lion. L'espièglerie de ses yeux ne brillait peut-être plus comme avant, mais il en restait encore une étincelle.

Gustav était couché dans son lit, un livre dont il avait retiré la jaquette entre les mains. C'est à peine s'il pouvait encore tenir les ouvrages reliés, devenus trop lourds, mais il ne supportait pas les livres de poche – pour lui, seules les couvertures rigides protégeaient convenablement les précieux mots. Et maintenant que lui-même se sentait menacé, comme si le temps et la mort le rongeaient de toutes parts, il voulait au moins que les mots restent en sécurité tant qu'ils vivraient avec lui.

Lorsque Carl entra, il glissa son livre sous le couvre-lit.

— Tu as l'air en forme, dit Carl.

— Tu as déjà mieux menti. Si j'étais une maison, les démolisseurs seraient passés depuis longtemps.

— Tu fais ça chaque fois, Gustav, déclara Carl en désignant le couvre-lit.

— Quoi, avoir l'air mal en point ? J'ai des décennies d'entraînement.

— Je parle de cacher ton livre.

— Il doit y avoir une raison, non ?

— Tu crois que ça me dérange que tu lises du porno à ton âge ?

Gustav rit, ce qui le fit tousser. Pour éviter ces quintes de toux, il essayait de ne plus rire, et désormais ne lisait plus, n'écoutait plus ni ne regardait plus quoi que ce soit de drôle. Quand il ouvrait le journal, il commençait toujours par en jeter les pages distrayantes ou satiriques.

Pourtant, s'il avait ri, ses poumons auraient bénéficié d'une meilleure irrigation sanguine. Le rire manquait à ses poumons, comme il manquait à son cœur.

— Je suis si vieux, expliqua Gustav en reprenant son souffle, que je ne comprendrais même plus ce que raconte ce genre de livres. Si vieux que l'érotisme serait aussi hermétique que du grec ancien. Je pourrais lire les caractères, déchiffrer les phrases, mais je n'en comprendrais plus le sens !

— Alors pourquoi cacher tes lectures ? demanda Carl, qui s'assit sur une chaise à côté du lit de son ami et lui pressa la main.

— Tu veux vraiment savoir ce que je lis ?

— Bien sûr.

— Tu vas rire !

— Non, promis.

Gustav sortit le livre de sous le couvre-lit et le tendit à Carl. C'était *L'Île au trésor* de Stevenson. Carl promena ses doigts sur la couverture.

— Je relis les livres de ma jeunesse. Des romans d'aventures, beaucoup de Jules Verne. Même si le style de certains textes n'est pas aussi magnifique que dans mon souvenir, quand je les lis j'ai toujours l'impression de rentrer à la maison.

— Et tu as honte de ça, espèce de vieux fou ?

— Les infirmières m'appellent le professeur. Elles me prennent pour un intellectuel, moi, parce que je suis libraire, enfin, je l'étais…, expliqua Gustav avant de s'interrompre un instant. Tu imagines ?

— Tu en es un.

— Lire beaucoup ne fait pas de vous un intellectuel. Manger beaucoup ne fait pas non plus de vous un fin gastronome. Je lis très égoïstement, pour mon plaisir, pour l'amour des bons récits, pas pour apprendre quelque chose sur le monde.

— Pourtant, même dans un vieux crâne comme le tien, il restera toujours quelque chose de ces lectures, c'est inévitable.

Gustav tapota *L'Île au trésor* de l'index.

— Jadis, les livres m'étaient offerts par mes parents, tu sais qu'ils étaient libraires eux aussi.

— La dynastie Gruber.

— Exactement ! Dans certaines familles, l'amour que l'on se porte s'exprime à travers la nourriture – une tartine recouverte d'une généreuse couche de beurre, ou une seconde tranche de mortadelle dans un sandwich. D'autres se prennent souvent et longtemps dans les bras, pour opposer un peu de chaleur à la froideur du monde. Dans ma famille, on a toujours témoigné son amour par les livres. Le roman ne doit pas nécessairement être adapté au lecteur ! À l'école, j'arrivais difficilement à déchiffrer une phrase entière, je prononçais les lettres une à une en butant dessus pour tenter de les coller maladroitement ensemble.

Il rit et toussa aussitôt, avant de poursuivre :

— Figure-toi que c'est à cette époque que mon père m'a offert *Les Misérables* ! Des centaines de pages de longues phrases ! Des phrases merveilleuses, forgées comme des chaînes d'or précieux, mais si interminables qu'elles m'ont surtout effrayé. *Guerre et paix* a suivi un an plus tard, et lorsque j'ai eu dix ans, ma mère m'a remis *À la recherche du temps perdu*. Mes parents ne voulaient pas distinguer les livres pour enfants des livres pour adultes, à leurs yeux il n'y avait que de bons ou de mauvais livres, et ils m'ont donné les meilleurs. De même que d'autres offrent des bijoux en diamants, un cadeau dont profiter toute sa vie durant.

Gustav sourit, et reprit :

— J'ai encore fait un véritable exposé ?

— Je t'ai toujours connu comme ça. Je ne voudrais surtout pas que tu sois différent.

— Menteur ! s'exclama Gustav en donnant une petite bourrade aussi légère qu'un souffle de vent dans le bras de Carl. Mais ne t'avise pas d'arrêter !

— J'ai lu dernièrement un livre qui m'a fait penser à toi.

— Ça parlait d'un séducteur notoire qui, à un âge avancé, courait encore après tous les jupons de la ville ? demanda Gustav, dont les yeux ternis s'éclairèrent d'une étincelle taquine.

— C'était l'histoire d'un vieux libraire qui visitait tous les endroits qu'il avait connus par ses lectures.

Gustav se redressa dans son lit avec effort. Puis il désigna son corps très amaigri.

— J'ai l'air prêt à entreprendre un voyage au long cours ? Aller aux toilettes, c'est déjà toute une aventure, commenta-t-il avant d'adresser à Carl un sourire chaleureux et compréhensif. Tu ne cesses jamais d'être libraire, hein ? Tu ne me demandes pas comment je vais, tu préfères me conseiller des livres.

— C'est toi qui m'as appris, dit Carl en lui rendant *L'Île au trésor*. D'ailleurs, le roman de Stevenson serait peut-être de nature à intéresser enfin notre nouveau stagiaire…

— Sabine m'a parlé de lui. Il s'appelle Leon, c'est ça ?

— Tu aurais trouvé le bon livre pour lui depuis longtemps. C'est dans ce genre de situation que tu nous manques tout particulièrement.

Gustav eut un geste évasif.

— Sabine sera un jour capable de le faire bien mieux que moi.

Soudain incommodé, Carl s'agita sur sa chaise.

— Le sujet te déplaît, n'est-ce pas ? C'est toi, le vieux fou ! dit Gustav en affichant un large sourire. Je sais que tu ne vas pas me croire, mais Sabine t'apprécie beaucoup. Même si elle ne sait pas le montrer.

— Moi aussi, je l'apprécie. C'est ta fille, après tout.

— Et ta patronne !

— Exactement, je suis tenu de l'apprécier, ça fait partie du contrat.

— Il faut que tu comprennes qu'elle veut introduire du changement, de la nouveauté, pour tout améliorer. Le privilège de la jeunesse ! expliqua Gustav en lissant son couvre-lit. Elle doit aussi s'affirmer. En tant que patron, on ne peut pas montrer de faiblesse.

Il se pencha un peu en avant et sa voix se fit douce comme une caresse.

— Elle m'a promis que tu pourrais continuer tes distributions aussi longtemps que tu voudrais.

— Merci, fit Carl sans le regarder, pour ne pas montrer à Gustav à quel point sa ronde comptait pour lui – même si, bien sûr, son ami le savait depuis longtemps.

— Elle a toujours été un peu jalouse de toi, reprit Gustav, parce que tu es un libraire-né, contrairement à elle.

Ce en quoi il se trompait. Sa fille pensait depuis le début que les méthodes modernes étaient supérieures. Et elle avait toujours senti que son père avait accueilli Carl au plus profond de son cœur. Elle lui enviait son talent, et plus encore elle enviait cet amour.

— Les gens te font confiance, poursuivit Gustav. C'est ce qui importe. Quand tu recommandes un livre à un client, il ne se contente pas d'espérer qu'il l'aimera, il en est persuadé. Et s'il ne lui plaît pas, alors c'est de son fait, jamais du tien.

Il lui fit un clin d'œil.

— C'est moi qui suis censé te remonter le moral, pas l'inverse, fit observer Carl.

— Puisque j'y arrive mieux, j'ai repris le flambeau !

Carl songea qu'il était temps de se livrer à leur petit quiz habituel, dont le sujet changeait chaque fois.

— Cite-moi les cinq meilleurs livres... pour remonter le moral à quelqu'un.

Gustav les énuméra, puis ce fut au tour de Carl. Ils discutèrent des points forts et des points faibles des ouvrages, de leurs auteurs. Ils nommèrent ensuite les meilleurs romans dans lesquels un personnage vivait en maison de retraite. La liste était déjà plus ardue à constituer, mais ils réussirent. Carl déclara que Gustav devait revenir à la librairie, ne serait-ce que quelques heures par semaine. Et Gustav ne cessait de rire. Jusqu'à se retrouver hors d'haleine.

— Je ne reviendrai pas, tu le sais, confia-t-il alors.

— Ne dis pas ce genre de chose.

— Nous sommes de vieux postes à galène, notre temps est révolu. Tant qu'on fonctionne, on ne le remarque pas, mais les pièces détachées n'existent plus.

— On croirait un de ces adages qu'on trouve sur les cartes postales.

— Ce ne sont pas les pires, et elles se vendent bien ! s'exclama Gustav, la respiration sifflante. Bon, je dois dormir un peu. Le sommeil flatte mon teint juvénile !

Il hésita. La douleur apparut sur son visage telle une tache de couleur vive. À ce stade de leur conversation, Gustav posait toujours la même question. Il prit une profonde inspiration, sa voix tremblait.

– Tu reviendras la semaine prochaine ?

– Bien sûr.

– C'est bon à entendre.

– Je te rendrai encore visite pendant de nombreuses années.

Gustav acquiesça avant de détourner les yeux.

– Prends soin de toi, patron, dit Carl, caressant le bras maigre de son ami pour lui dire au revoir.

– Prends soin de toi, l'apprenti.

3.

Le rouge et le noir

À la librairie La Porte de la ville, l'article de journal sur les livraisons de Carl avait été décroché, laissant un pâle rectangle sur le papier peint.

Au lieu de le saluer, Sabine Gruber l'accueillit d'un :

— Carl, vous recevez de moins en moins de commandes pour votre tournée.

Là-dessus, elle poussa un soupir retentissant.

— Je ne demande pas grand-chose pour les livrer, fit remarquer Carl.

— Pensez au coût logistique, monsieur Kollhoff ! objecta-t-elle en haussant tellement les sourcils qu'ils touchèrent presque la racine de ses cheveux. Ça prend un temps fou, pour si peu de ventes. Aujourd'hui notre système est tout à fait différent.

— Mais les gens s'en réjouissent…

Alors qu'il prononçait ces mots, Carl vit apparaître les visages reconnaissants et souriants de ses clients.

— Les gens se réjouiraient encore plus de parcourir les quelques centaines de mètres jusqu'à notre librairie. L'exercice est bon pour la santé, tout comme l'air frais ! Vous ne croyez pas ? Nous ne voulons plus que ce service particulier fasse l'objet de publicité. Nous ne le proposerons plus à d'autres clients. Sommes-nous d'accord, monsieur Kollhoff ?

Il connaissait Sabine depuis sa naissance. Il l'avait fait rire aux éclats et sauter sur ses genoux en lui chantant « À dada sur mon bidet ». Il lui avait lu une histoire après l'autre. Elle l'appelait oncle Carl. Sabine était l'un des très rares enfants à l'avoir aimé. Mais lorsqu'elle avait pris la direction de la librairie, elle l'avait convoqué dans son bureau pour lui expliquer qu'ils allaient désormais se vouvoyer. C'était plus convenable ainsi.

Carl avait trouvé que ce n'était pas convenable du tout.

— C'est vous, la patronne, répondit-il avant d'aller s'occuper de ses commandes dans le bureau.

Les employés le regardèrent d'un air compatissant. Chacun d'entre eux avait été formé par Carl. Mais nul ne dit quoi que ce soit. Tous restèrent silencieux, figés.

Carton jaune de Nick Hornby attendait toujours sur la table de travail, et Leon était toujours assis par terre à se soucier d'autre chose que de lecture.

Carl emballa ses livres en silence. Il y en avait un pour Hercule, la promenade du jour serait plus longue.

À l'approche de la place de la Cathédrale, Carl ralentit, jetant des coups d'œil alentour, guettant une créature sautillante aux cheveux bruns qu'il lui faudrait éviter. Ce soir-là, il ne voulait pas d'une accompagnatrice qui pose les mauvaises questions. Ou pire, les bonnes.

Il répugnait à prendre un autre chemin pour traverser la place ; à passer sous les arcades, près des boutiques, devant les tables des terrasses où les gens prenaient un verre. Il s'y résolut quand même, rassuré à l'idée que Schascha aurait bien du mal à l'apercevoir. Il envisagea même un instant d'enlever son chapeau, mais écarta aussitôt cette idée absurde.

Plus que quelques pas, et il tournerait dans la rue Beethoven.

— Tu ne passes jamais par là d'habitude, lança soudain une voix claire à côté de lui. J'ai failli te rater.

Carl en resta interdit. Tellement interdit qu'il s'arrêta net.

— Pas mal, hein ? demanda-t-elle en tournant sur elle-même. Pas de rouge-jaune-bleu aujourd'hui, même si c'est ma couleur préférée !

Elle portait un jean vert olive, un tee-shirt vert grenouille et un imperméable vert clair, ainsi qu'un sac à dos. Sa tenue rappelait celle de Carl – et pour cela, elle avait dû emprunter des vêtements à deux amies. Carl, qui voulait lui annoncer qu'elle ne pourrait pas l'accompagner, se trouva désarmé.

— Les filles de ton âge ne préfèrent pas le rose ? demanda-t-il.

— J'ai presque dix ans !

— Pardon.

— J'aime les pois, mais pas du tout les carreaux ni les carrés, ni tout ce qui a des angles.

— Mais tu n'as pas de pois.

Schascha remonta un peu la jambe de son pantalon pour découvrir ses chaussettes à pois.

— C'est ma marque de fabrique. Quel genre de chaussettes tu mets, toi ? Laisse-moi voir.

— Elles n'ont pas de pois, fit Carl, qui ne tenait pas à montrer ses chaussettes.

— C'est bien ce que je pensais : t'es pas du genre à porter des pois.

— Et à quoi on ressemble quand on en porte ?

— Pas à toi. Crois-moi, je m'y connais. Bon, on y va maintenant ? Parce que j'ai prévu un truc !

Carl ne bougeait pas.

— Qu'as-tu l'intention de faire ? Je dois le savoir. Tu vas encore courir partout ?

— Non, je ne ferai rien de mal. Promis ! Parole d'honneur ! Mais je ne t'en parlerai que quand j'aurai fini.

— Attends…

— Je ne fais ça que pour toi ! Bon, d'accord, pas seulement pour toi. Mais surtout pour toi, expliqua-t-elle en le regardant. En fait, j'ai même prévu deux choses géniales. Je peux te raconter la deuxième. Ou plutôt, je dois carrément te la raconter, celle-là !

— Tu éveilles ma curiosité.

Le mot « inquiétude » aurait été plus approprié, mais Carl voulait rester diplomate, y compris dans ce moment de légère anxiété.

— La nuit dernière, j'ai réfléchi dans mon lit. C'est toujours là que je réfléchis, avant de m'endormir, quand tout est sombre, sauf les étoiles au plafond de ma chambre, déclara Schascha avant de lever l'index. Donc : tu ne peux pas me donner le nom d'un personnage de livre parce que tu ne me connais pas assez. Alors aujourd'hui, je vais te raconter beaucoup, beaucoup de choses sur moi. Tout, tant qu'à faire.

Et Schascha, mettant aussitôt son projet à exécution, parla d'elle-même. De sa naissance (seulement deux heures de travail pour sa mère, et le bébé qu'elle était avait déjà des cheveux) jusqu'à l'école primaire (classe A, la meilleure, malheureusement Mme Schild n'était pas la meilleure enseignante), en passant par la maternelle (groupe des petits phoques, elle avait un avion pour patère). Elle ne bénéficiait pas d'une grande popularité dans la classe A, au contraire. Elle était non seulement la fille qu'on choisissait en dernier en sport et avec qui personne ne voulait travailler en groupe, mais aussi celle qui s'asseyait toujours seule par terre devant la loge du concierge pendant la récréation – tandis que les autres jouaient à chat perché ou se défoulaient sur le portique de jeux. Dès que l'occasion se présentait, Schascha profitait de son récit pour souligner à quel point elle aimait les livres. Elle ajouta que les autres enfants se moquaient d'elle, la traitant de rat de bibliothèque. Ils avaient même dessiné au feutre un rat sur sa chaise... un rat qui trônait sur des toilettes. Simon aussi la raillait. Il ressemblait à Ron Weasley, le copain de Harry Potter, ne s'intéressait qu'aux jeux vidéo et pensait, par principe, que toutes les filles étaient stupides. Schascha, elle, ne le trouvait pas stupide, vraiment pas, même si elle ne savait pas pourquoi. Et elle se demandait encore plus quoi faire de ce sentiment étrange.

Ils s'arrêtèrent devant l'immeuble chic où vivait Hercule, le premier client de la tournée du jour.

– Une seconde, intervint Schascha avant que Carl puisse appuyer sur la sonnette, à côté du nom de Mike Tröffer.

Elle sortit à grand-peine de son sac à dos un énorme cahier d'amitié, avec licornes et arcs-en-ciel, fermé sur le côté par un cadenas doré à combinaison. Carl savait que les livres pouvaient sauver le monde. Et, comme très peu de gens, il avait conscience que c'était également le cas des cahiers d'amitié. Le monde qu'ils pouvaient sauver était peut-être étroit, mais pour celui qui l'habitait, c'était le seul qui vaille.

— Tu n'es pas obligée d'entrer chez lui en courant, dit Carl pour la rappeler à l'ordre. De toute façon, il va nous inviter à boire le thé dans sa cuisine.

— J'ai déjà promis que je ne courrais pas partout. Je ne l'ai fait que chez Mr. Darcy. Et c'était une bonne chose !

— Il faut toujours que tu aies le dernier mot ?

— J'ai raison ou pas ?

À cet instant, la porte de l'immeuble s'ouvrit. Au deuxième étage, un homme vêtu d'un tee-shirt noir ajusté qui faisait saillir ses muscles attendait sur le seuil de son appartement.

— Monsieur Kollhoff, entre ! Je vais de ce pas te préparer un Earl Grey.

Schascha leva les yeux vers Carl.

— Tu aimes ce drôle de thé ? chuchota-t-elle.

— Non, mais ce serait impoli de le lui dire.

— Ça veut dire que tu bois sans arrêt du thé que tu n'aimes pas ?

— Son hospitalité me dédommage.

Hercule tendit la main à Carl, puis à Schascha. Elle eut un peu peur quand sa grosse patte se referma autour de sa petite menotte. Mais Hercule se contenta de la presser doucement.

— Je m'appelle Mike, et toi… ?

— Schascha.

— Tu aimes aussi l'Earl Grey ?

— Non, je ne l'aime pas non plus.

Hercule les précéda en direction de la cuisine.

– De l'eau ? Du lait ?

– Peu importe, dit Schascha en regardant autour d'elle avec étonnement.

Elle n'avait jamais vu un appartement de ce genre. Les murs peints en blanc étaient recouverts de cadres en argent enserrant des textes arrangés avec art. Certains étaient composés en caractères d'imprimerie, d'autres dans une écriture manuscrite avec tant de pleins et de déliés qu'elle en devenait presque indéchiffrable ; certains textes étaient disposés en forme de cœur, d'autres en forme d'église.

Le blanc et l'argent dominaient également dans la cuisine. Aussi propre et ordonnée que si elle sortait du magasin. Schascha demanda si elle pouvait utiliser les toilettes, et Hercule lui expliqua le chemin.

Lorsqu'elle revint, un verre d'eau fraîche l'attendait sur la table et Carl était assis devant son thé fumant, Hercule ne buvait rien.

– Avant de prendre une gorgée, je vais vous remettre votre commande, déclara Carl en sortant le livre de son sac à dos militaire.

Hercule le déballa avec un soin que Schascha n'avait remarqué chez aucun autre client. Il toucha l'ouvrage avec recueillement, presque solennellement. Elle prit aussitôt une note dans son cahier d'amitié.

– C'est l'édition rare que vous vouliez, commenta Carl.

Il avait déniché cet exemplaire hors de prix chez un bouquiniste et ne comprenait toujours pas pourquoi Hercule l'avait commandé.

Schascha tendit le cou et lut le titre.

— *Les Souffrances du jeune Werther* ? Il y a un rapport avec… ?

— Non, l'interrompit Carl.

— Mais tu ne sais même pas ce que j'allais te demander.

— Si. Crois-moi. Et j'ai entendu cette question bien trop souvent pour la trouver encore à mon goût.

— Et la chose à laquelle je pense a super mauvais goût ! s'exclama Schascha avec un large sourire.

— On s'est compris.

Hercule rendit le roman à Carl.

— Parle-moi du livre, monsieur Kollhoff !

— Je ne voudrais pas en dévoiler trop.

— Si, jusqu'à la fin. Je tiens à tout savoir.

Cet échange se répétait chaque fois, c'était leur petite danse rhétorique à eux, bien différente des autres danses dont Carl avait l'habitude. Comme toujours, il se montrait un peu hésitant, espérant qu'Hercule changerait d'avis. Mais ce dernier voulait toujours tout savoir.

— Bon. Il s'agit d'un roman épistolaire dans lequel un jeune peintre, Werther, s'éprend, hélas, de Lotte – hélas, car elle est fiancée à un autre homme.

– Comment Werther tombe-t-il amoureux d'elle ? demanda Hercule en plissant le front.

– Dès le premier instant, lorsqu'il la voit couper du pain pour ses jeunes frères et sœurs. Il est touché par la fibre maternelle de Lotte. De plus, elle est très belle.

– Sa fibre maternelle, répéta Hercule. Et quel genre d'homme est ce Werther ?

– Il est du genre fougueux. Le roman appartient d'ailleurs au mouvement littéraire Sturm und Drang, qui veut dire « tempête et passion », en allemand.

– Et le fiancé de Lotte ?

– Albert est conservateur et conventionnel.

– Ennuyeux, alors, commenta Hercule. Et comment tout ça finit ? Est-ce que Werther et Lotte se mettent ensemble ?

Carl secoua la tête, se rappelant à quel point le roman l'avait affecté lors de sa première lecture. Une douleur qui l'accompagnait toujours.

– Hélas, non. Quand il l'embrasse, Lotte s'enfuit dans une autre pièce. Werther décide de se tuer pour ne pas mettre en péril l'honneur de Lotte. Il se tire une balle dans la tête à minuit, peu avant Noël, et meurt le lendemain de sa blessure.

Hercule tapa dans ses mains.

– Waouh, quelle fin de dingue ! C'était quoi comme arme à feu ?

– Celle avec laquelle il s'est… ?

– Oui.

— Oh, là vous m'en demandez trop. Tout ce que je sais, c'est qu'il avait emprunté le pistolet à Albert.

— Terrible.

— Les choses deviennent encore plus terribles : comme il s'est suicidé, Werther n'a pas droit à un enterrement chrétien. La punition ultime, en quelque sorte.

— Quelle horreur !

— Je suis sûr que vous allez aimer.

Hercule fit craquer les vertèbres de son cou.

— Bien sûr. J'adore lire ! Et ce livre-là est important, il faut le connaître… c'est toi qui l'as dit. La prochaine fois, apporte-moi l'œuvre d'un prix Nobel, monsieur Kollhoff.

Carl consulta sa montre. Elle s'était arrêtée vingt ans plus tôt, mais il aimait son contact sur son poignet.

— Je dois malheureusement déjà repartir, d'autres personnes attendent leurs livres avec impatience, déclara-t-il en tendant le *Werther* à Hercule.

— Oui, évidemment. Merci de toujours prendre du temps pour moi.

— Je le fais très volontiers, et je le dis du fond du cœur. C'est une joie de voir quelqu'un s'enthousiasmer autant pour les classiques de la littérature.

Hercule sourit, il avait l'air un peu gêné, selon Schascha. Il est vrai qu'elle ignorait à quoi devait ressembler un sourire sur un visage aussi musclé. Peut-être avait-il toujours cette apparence, elle ne savait qu'en penser.

Après leur départ, devant la porte de l'immeuble, elle inscrivit quelques notes supplémentaires dans son cahier d'amitié, puis ouvrit la bouche pour parler à Carl. Mais pour la première fois, celui-ci se montra plus rapide.

– Inutile de me dire qu'il y a quelque chose de bizarre ici, fit-il, cherchant du regard Chien qui aimait bien le rejoindre à cet endroit-là. Je m'en rends compte moi-même. Mais je ne sais pas quoi exactement.

– Il n'a que des livres rouges, répondit vivement Schascha.

– Comment ça ? demanda Carl qui se mit en route à son rythme.

– Je me suis faufilée dans son salon quand j'ai prétexté que je devais aller aux toilettes. Je n'en avais pas du tout besoin ! précisa-t-elle en levant avec fierté son petit menton.

– Drôlement rusé de ta part.

– J'ai vu ses livres sur l'étagère, ils ont tous des… Comment on appelle ce côté-là ? Pas celui où on ouvre le roman, l'autre ?

– Le dos.

– Eh bien, tous les dos étaient rouges !

– C'est insolite. Bien que je connaisse une cliente qui refuse de lire des ouvrages d'une certaine couleur.

— Je n'ai vu que trois couleurs dans tout le salon : noir, blanc et rouge ! À part les films, enfin les dos des boîtiers de DVD. Eux avaient des couleurs très différentes, les CD aussi. Il faudra que je regarde ça de plus près la prochaine fois.

— Et maintenant, tu m'expliques ce que tu fais avec ton cahier d'amitié ?

— C'est là que je prends des notes sur tes clients, déclara-t-elle en l'ouvrant maladroitement. Je l'ai commencé au CE1, mais il reste un tas de pages blanches.

Après qu'elle l'avait fait circuler, beaucoup d'élèves lui avaient rendu le cahier sans rien écrire dedans, ou pire, avec des messages qu'elle avait dû déchirer.

— Normalement on colle des photos en haut, expliqua-t-elle, mais je ne peux pas en demander à tes clients, bien sûr. C'est pour ça que j'ai apporté des crayons de couleur, pour les dessiner. Seulement je ne suis pas très douée.

Carl jeta un coup d'œil au cahier.

— « Couleur préférée » ? « Groupe de musique préféré » ? « Enseignant préféré » ?

— Moi je fais autrement, précisa Schascha. Je note les livres importants, à quoi ressemble le lieu de vie des gens, comment ça sent. Ce genre de choses.

— Mais comment vas-tu découvrir tout ça ? Tu as prévu un interrogatoire serré ?

— C'est quoi, un interrogatoire serré ?

Carl dut réfléchir.

— Quand tu assailles quelqu'un de questions.

— Mais quand on pose des questions à quelqu'un, c'est qu'on s'intéresse à lui. C'est gentil, non ? Quand je pose des questions, je le fais par gentillesse, objecta Schascha en rangeant le cahier dans son petit sac à dos.

— Tu ne dois pas oublier de permettre aussi à l'autre de poser des questions. Alors seulement, ça devient une conversation.

Schascha ne comprit pas ce que Carl voulait dire. Qui posait une question obtenait une réponse, et cela faisait une conversation.

Soudain, Chien s'enroula autour de ses jambes, la queue dressée, puis se glissa entre eux et les dépassa. On aurait dit un pas de danse exécuté jadis dans des salles de bal fastueuses.

Schascha vit Carl donner à manger au chat. Un morceau de cervelas – la peau avait été préalablement retirée – qu'il avait enveloppé dans un emballage de sandwich.

— Tu es intelligent, mais c'est stupide de lui donner de la saucisse.

Carl s'interrompit, surpris.

— Pourquoi ? Regarde comme ça lui plaît !

— Si tu lui offres de la saucisse, tu ne sauras pas s'il vient pour toi ou pour la saucisse.

— Peut-être un peu pour les deux.

— Mais tu ne le sauras pas. Ça me dérangerait, moi. Je ne voudrais pas qu'un animal de compagnie vienne me voir juste pour avoir à manger.

— Chien n'est pas un animal de compagnie, mais un animal de la rue, un esprit libre. Il vient parce qu'il le veut. Je refuse d'en connaître la raison. Il vaut peut-être mieux que certaines choses restent un secret.

Schascha secoua la tête.

— Moi je voudrais le savoir !

— Mais Chien préfère que ce soit ainsi. Laisse-lui donc son petit mystère.

Schascha se pencha pour caresser Chien. Le chat tendit son museau, et Schascha se sentit heureuse que ce signe d'affection n'ait rien à voir avec la saucisse, mais uniquement avec ses talents de caresseuse.

Mme Brindacier les accueillit avec bonne humeur d'un : « Les gangs à la gâchiotte sensible ! » Elle plaqua sa main contre sa bouche pour ne pas rire aux éclats.

— Je suis sûre que vous ne trouverez rien à dire, monsieur Kollhoff. Ou juste l'évidence !

Ce jour-là, ses chaussures étaient assorties, mais pas ses chaussettes.

Carl se gratta la tempe, sentant sur lui les regards interrogateurs de Mme Brindacier, de Schascha et même de Chien. Durant sa jeunesse, il avait péniblement étudié l'*Encyclopædia universalis*, de A comme « aa » à Z comme « zzz ». Cette façon de procéder avait organisé ses réseaux neuronaux au fur et à mesure de sa croissance, si bien qu'il était désormais capable de proposer des définitions comme une encyclopédie vivante.

— Les gangs à la gâchiotte sensible sont des bandes criminelles que l'on rencontre exclusivement au Mexique. La nourriture typique du pays, souvent épicée, entraîne de multiples problèmes digestifs. Si les intestins ne peuvent être soulagés, la colère monte. Au Mexique, les personnes qui souffrent de tels problèmes se précipitent traditionnellement dans la rue pour se défouler, avec d'autres malades, sur les vendeurs de légumes. En particulier de haricots. Souvent, cette activité physique collective produit l'effet désiré sur le tube digestif.

Mme Brindacier s'inclina pour faire une profonde révérence.

— Vous avez orné l'évidence d'une touche d'exotisme.

— Madame Brin…, commença Schascha, qui réussit à refermer la bouche juste à temps.

— Mon nom est Dorothea Hillesheim. Mais appelle-moi Thea, comme tout le monde.

Schascha ouvrit son cahier d'amitié, se tenant prête à utiliser son crayon à papier (avec une gomme au bout).

— La dernière fois, tu t'es amusée d'une faute de frappe. Pourquoi tu fais ça ?

— Qu'est-ce que tu veux dire exactement ?

— La plupart des gens ne remarquent même pas les fautes de frappe. Moi pas, en tout cas. Alors pourquoi toi ?

— Tu es intelligente, tu sais ça ?

Un sourire de fierté éclaira le visage de Schascha.

— Oui, je sais. Mais parfois, c'est complètement débile.

— Quand les autres s'en aperçoivent ?

— Tu fais diversion là, non ?

— Tu es encore plus intelligente que je ne le pensais, commenta Mme Brindacier qui se pencha pour parler à l'oreille de Schascha.

Mais elle s'exprima d'une voix si forte que Carl put comprendre chaque mot.

— Toute ma vie j'ai été enseignante en école primaire. Et même si je ne travaille plus aujourd'hui, je le suis restée. Parce que l'enseignement, ça ne vous quitte pas, expliqua-t-elle avant de se redresser.

— Comme si le métier s'accrochait à toi ?

— Ça paraît un peu désagréable, dit comme ça, répondit Mme Brindacier en grimaçant. C'est plutôt comme une bague précieuse qu'on ne peut plus ôter. On sent parfois qu'elle est là, mais la plupart du temps, on ne la remarque même pas. Les autres, si.

Malgré elle, Schascha considéra les doigts ridés de la vieille femme, qui portaient quantité de bagues. Elle avait dû enseigner de nombreuses matières…

Pendant que Carl remettait à Mme Brindacier le livre qu'elle avait commandé, Schascha prit des notes. Elle attendit qu'ils soient sortis pour parler.

À voix basse, comme si la vieille dame pouvait l'entendre à travers la porte fermée.

— J'ai menti, je ne suis pas du tout intelligente.

— Balivernes. Tout le monde fait des fautes de temps en temps, on n'en est pas moins intelligent. On devient vraiment intelligent de cette façon, au contraire.

— Mais moi je fais beaucoup de fautes. Je vais peut-être devoir redoubler.

— Alors il faut étudier.

— Je sais bien. Mais on dirait qu'un tas de choses ne rentrent pas dans mon cerveau.

Et elle se tapa le front du poing, jusqu'à ce que Carl retienne doucement sa main.

— Je connais un truc très simple.

— Tu veux bien me le dire ?

— Tu dois lire encore plus. Ça assouplit le cerveau, et après tout y rentre.

Schascha réfléchit aux paroles de Carl, mais elle avait beau les examiner sous tous les angles, elles ne revêtaient aucun sens. Beaucoup de choses chez Carl et ses clients n'avaient aucun sens pour elle. Schascha aimait bien cela. Les programmes télé destinés aux enfants de son âge avaient du sens, ce qui l'ennuyait terriblement. Cela lui donnait toujours l'impression que le monde ne détenait aucun secret qui vaille la peine qu'on devienne adulte pour le résoudre.

Au carrefour suivant, ils aperçurent la cathédrale, superbe de ce point de vue, avec sa grande rosace multicolore représentant les douze apôtres, et sa tour et demie s'élevant vers le ciel.

Carl se détourna pour se signer, très rapidement de façon que Schascha ne le remarque pas.

— Pourquoi tu fais ça ? s'enquit-elle, car cela ne lui avait pas échappé.

Il soupira.

— Je me signe toujours quand je vois le portail principal de la cathédrale apparaître devant moi.

— À cause de Dieu ?

— Non. Je laisse la foi à ceux qui la connaissent mieux que moi. Il s'agit de témoigner du respect au livre le plus puissant du monde. Il a conduit à des guerres et au pardon, à de grandes injustices et à un amour profond. Quand on croit au pouvoir des mots, et c'est mon cas, on ne peut que saluer cette œuvre, lui tirer son chapeau. C'est précisément ce que je fais. Au sens figuré.

Il tapota son couvre-chef.

— Parce que lui, en revanche, ne quitte jamais ma tête. Pour des raisons de sécurité.

— Tu es bizarre.

— Qui est le plus bizarre ? L'homme bizarre ou la petite fille qui accompagne l'homme bizarre ?

— L'homme bizarre, bien sûr !

Carl sourit. Il se savait étrange bien qu'il ne l'ait jamais vraiment senti. L'étrangeté elle-même, si elle durait assez longtemps, finissait par paraître normale. Peut-être uniquement pour soi, mais cela suffisait.

Soudain, il remarqua un « détail ». Sa démarche avait changé. Il avait ralenti son pas à travers la vieille ville pour que les petites jambes de Schascha puissent mieux le suivre.

— On va voir qui maintenant ? demanda celle-ci en resserrant les sangles de son sac à dos.

— Effi. Enfin, Mme Cremmen.

Schascha désigna alors une ruelle à peine éclairée par la lumière du jour. Un vestige du Moyen Âge, dont même la terre argileuse, piétinée au fil des siècles, n'avait jamais été consolidée par un revêtement en béton ; par endroits seulement, quelques pavés la recouvraient.

— C'est un super raccourci ! s'exclama-t-elle.

— Parfois, un long chemin vaut mieux qu'un court.

— Pourquoi ?

— Tu l'apprendras plus tard, répondit Carl.

Voilà ce qu'on disait à un enfant quand on ne savait pas comment lui répondre. Carl, qui n'aimait pas la sensation que laissait en lui cette réponse, décida de révéler la vérité.

— Cette ruelle fait peur au vieil homme stupide que je suis. J'ignore pourquoi, mais elle m'inspire de la crainte. Comme un cheval rétif devant un fossé.

Schascha s'arrêta, sortit non sans peine son grand cahier d'amitié et y écrivit quelque chose – avec un stylo pailleté au bout duquel pendaient des rubans en plastique coloré et qu'elle n'utilisait que pour Carl.

– Tu as noté que j'étais un cheval ?

– Non.

– Tant mieux.

– Pas un cheval : une poule mouillée.

Carl sourit. On ne l'avait plus appelé ainsi depuis l'école. Il eut soudain l'impression de se retrouver devant la barre fixe du gymnase, sans oser s'y suspendre. Il songea que si les enfants vous faisaient comprendre à quel point vous étiez vieux, peut-être vous montraient-ils aussi à quel point vous étiez resté jeune.

Schascha se mit à sautiller autour de Carl et de Chien qui grogna, perturbé.

– Au fait, je sais qui était Effi Briest.

– Est, corrigea Carl.

– Nan, était. Elle vivait il y a longtemps. Et elle meurt dans le livre.

– En tant que personnage de roman, tu vis pour toujours. Tant qu'on te lit, tu restes vivant.

– Alors moi aussi je veux entrer dans un livre !

– Tu devrais en écrire un.

– OK, fit Schascha qui se mit à courir devant. Youpi ! Je vais devenir écrivaine !

Carl ne la revit pas jusqu'à ce qu'il arrive aux abords de la maison d'Effi ; la fillette était assise sur le pas de la porte, un peu essoufflée.

– Il t'en a fallu, du temps.

– J'ai profité du trajet. Tu as déjà sonné ?

— Nan, je t'ai attendu, répondit Schascha, qui se leva et pressa sur le bouton de la sonnette avant de chuchoter à Carl : J'ai prévu une surprise.

La course et les sautillements de Schascha étaient dus à la perspective de cette surprise, songea-t-il. Ce qui l'inquiéta beaucoup.

Mais avant qu'il puisse l'interroger, Effi ouvrit.

— Bonjour, monsieur Kollhoff. Et bonjour, Schascha. J'étais en train d'étendre du linge au sous-sol, je suis bien contente d'avoir entendu sonner.

— Votre livre est le plus lourd de tous aujourd'hui, et de loin, annonça Carl.

Il ne cherchait pas à se plaindre, il voulait accroître le plaisir qu'elle aurait à recevoir sa commande. Schascha ne faisant pas le moindre geste en direction du roman, Carl haussa les épaules et se chargea de le remettre lui-même. La petite fille se concentrait déjà avec intensité sur la suite des événements. Elle s'était imaginé ce moment avec les mêmes couleurs vives que celles qu'elle avait utilisées pour concevoir sa surprise. Elle se dressait sans cesse sur la pointe des pieds, car sautiller d'impatience aurait été inapproprié.

— Plutôt épais en effet, commenta Effi en gonflant les joues tandis qu'elle prenait le paquet.

Carl sourit.

— Quiconque reçoit un nouveau livre devrait se voir également accorder le temps qu'il faut pour le lire tranquillement.

— Si vous pouviez m'empaqueter un peu de temps la prochaine fois, je vous en serais très reconnaissante !

Effi déballa aussitôt le livre : *Les Années de voyage de la rose des ombres*. Schascha trouva qu'il avait l'air encore plus triste que le précédent. Comme si l'éditeur de cette collection avait cherché à faire entrer le plus de tristesse possible entre les pages, transformant les larmes en papier.

Le cœur battant, Schascha fit un pas en avant.

— Je vous ai apporté quelque chose. Ce n'est pas du temps, c'est différent.

Elle posa maladroitement son sac à dos par terre et en sortit une feuille de papier enroulée, autour de laquelle était noué un ruban rouge et or.

— Pour vous, madame Cremmen.

— Qu'est-ce que c'est ?

— Il faut défaire le nœud. Je ne révélerai rien !

Carl prit une profonde inspiration. Cette fillette s'avérait totalement imprévisible. Elle avait l'air tout à fait inoffensive, mais il se passait dans sa petite tête toutes sortes de choses qui n'avaient rien d'inoffensif.

— Un dessin, déclara Effi en déroulant la feuille. Une rose des ombres…

Sa voix tremblait.

— Elle pousse le long de votre maison, madame Cremmen. Je ne sais pas si c'est bien dessiné. Je n'ai que cinq sur dix en arts plastiques, mais

Mme Damian est très sévère. Et même carrément injuste, en fait !

Effi s'était détournée pour qu'ils ne la voient pas pleurer. Ces dernières années, elle avait pris l'habitude de dissimuler ses véritables sentiments, c'était devenu une seconde nature. Elle essuya vivement ses larmes.

— Mais entrez donc, nous allons chercher un joli endroit pour le dessin.

C'était l'intérieur le plus gai qu'on puisse imaginer. Il y avait partout des bacs où poussaient des fleurs, des tableaux représentant des fleurs en boutons. On aurait dit que tout le logis fleurissait. Il était évident qu'il avait été prévu pour deux personnes, et tout aussi évident qu'une seule y laissait des traces. Un seul livre attendait sur la table du salon, une seule tasse à café était posée dans l'évier, une seule veste pendue au portemanteau. Et bien qu'il y ait dans la maison beaucoup de jolis endroits pour le dessin de Schascha, Effi l'accrocha sur la porte de la cuisine, où l'on ne pouvait le voir que si celle-ci était fermée.

Effi remercia la petite fille avec effusion et lui offrit une tablette de chocolat blanc ; Carl en reçut une aussi, même s'il n'aimait pas du tout cela.

Quand ils se retrouvèrent dehors, Schascha prit quantité de notes dans son cahier d'amitié.

Carl se pencha vers elle.

— Tu as l'intention d'entrer chez tous mes clients ?

— Je dois le faire pour mon projet !

Schascha parvint à ses fins les jours suivants.

Elle pria Mme Brindacier (« Brochet d'études professionnelles ») de corriger sa rédaction (elle y avait volontairement fait beaucoup de belles fautes), elle expliqua au liseur que ses lunettes étaient cassées et qu'il devait absolument lui lire le dernier chapitre de *Jim Bouton* (Schascha avait choisi ce roman parce qu'il y avait beaucoup de fumée dedans, à cause de la locomotive, et que le liseur faisait la lecture à des rouleurs de cigares, après tout). Elle demanda à sœur Amaryllis de la confesser (et, en lui racontant le vol scandaleux d'un sachet de Werther's Original, elle eut beaucoup de mal à ne pas éclater de rire). Avec le docteur Faustus, elle dut s'y reprendre à trois fois car il dédaignait les objets historiques qu'elle lui apportait, les jugeant inintéressants et trop modernes. Pourtant, la montre du père de Schascha était très vieille, tout comme la casserole à motifs floraux de grand-mère Ingrid, sans parler de la boîte à biscuits en fer-blanc, à laquelle la lumière avait fait perdre sa couleur orange. Lorsqu'elle lui présenta ce dernier objet, il l'invita enfin à entrer pour lui montrer quelque chose de vraiment ancien – quelques pièces romaines qui la firent bâiller d'ennui.

Ainsi Schascha put-elle achever la première partie de son grand projet.

Le vieux banc en fonte, avec ses lattes de bois, paraissait avoir été fabriqué pour les discussions importantes. Beaucoup de gens s'y étaient entretenus. Ils avaient réellement échangé, s'étaient écoutés et avaient essayé de se mettre à la place de l'autre. Ce banc se dressait dans le cimetière de la ville, dans la partie ancienne où se trouvaient de magnifiques tombeaux des siècles passés – certains ressemblaient à de petites églises, d'autres à des temples grecs. Les hommes et les femmes inhumés en ce lieu étaient morts depuis longtemps, et les hauts chênes, les buissons de ronces qui proliféraient, jusqu'aux fleurs sauvages semées par le vent, semblaient dire qu'ils reposaient paisiblement.

C'était précisément ce banc que Schascha avait choisi pour une discussion importante. Elle y entraînait maintenant Carl.

— Il faut qu'on parle, expliqua-t-elle en s'asseyant, l'air très sérieux, avant d'ouvrir son cahier d'amitié comme si les pages étaient d'un papier épais et lourd. Tout est là-dedans !

Carl posa les mains sur la poignée en bois de son parapluie, la droite sur la gauche.

— Les notes que tu as prises chez mes clients ?

Schascha hocha lentement la tête, d'un air important.

— Ce sont de sages pensées.

— C'est la meilleure façon de réfléchir.

Schascha prit une profonde inspiration avant d'annoncer ce qui devait l'être d'une voix claire.

— Il faut que tu apportes d'autres livres à tes clients !

Carl fronça les sourcils. Maintenant qu'il avait perdu ses cheveux, son front paraissait plus haut, et son froncement de sourcils avait quelque chose de très impressionnant.

— Mais je leur remets précisément les livres qu'ils commandent.

— Sauf qu'ils ne commandent pas les bons.

— Ne sont-ils pas les mieux placés pour savoir ce qu'ils veulent ?

— Ha ha !

Le second « ha ! » du rire de Schascha évoquait un peu le cri d'un Indien avant l'attaque d'un convoi de chariots.

— J'aimerais manger de la glace toute la journée, mais est-ce que c'est bon pour moi ? Non !

— Seulement les livres ne sont pas des glaces. Ils ne pèsent pas sur l'estomac.

— Tu ne me comprends pas ! s'exclama Schascha qui aurait voulu trépigner, mais ses pieds ne touchaient pas le sol.

— Tu veux dire que j'apporte aux gens des livres qui leur font mal au ventre ?

— Les livres sont beaucoup, beaucoup plus dangereux que la glace ! Ils pèsent sur la tête. Ou pire, sur le cœur.

Schascha ne savait pas comment mieux faire comprendre la chose à Carl. Se pouvait-il qu'il ne s'en soit pas aperçu ? Pourtant, il était encore plutôt intelligent pour son âge… Alors elle frappa un grand coup sur son cahier d'amitié.

— C'est là-dedans ! Tes clients commandent des romans, mais en fait ils ne s'y intéressent pas vraiment.

— Ah non ?

— Regarde-les mieux, passeur de livres ! Les gens sourient quand tu arrives, mais pas quand ils déballent tes paquets. Parce que tu comptes bien plus pour eux que ces livres. Peut-être qu'au fond d'eux ils savent que ce ne sont pas les bons. Tu penses vraiment qu'Effi a besoin d'histoires tristes ? Elle a déjà une vie triste !

— C'est sa vie. Ce sont ses livres.

— Il n'y aurait pas un livre qui rende tout le monde heureux ? Comme la Bible, mais en palpitant ?

Carl fit tourner le manche de son parapluie comme s'il s'agissait d'une queue de billard qui demandait à être enduite de craie.

— La Bible est palpitante. Très palpitante, même.

— Mais enfin ! Tu vois bien ce que je veux dire. Un livre que tout le monde aimerait.

Carl repoussa un peu son chapeau, il commençait à avoir chaud au crâne.

— Ce livre n'existe pas. Il y a des années, j'ai offert à tous ceux qui m'étaient chers le même livre pour Noël. Un livre merveilleux, dont chaque ligne m'avait rendu heureux. Je voulais partager cette émotion. Mais beaucoup ne l'ont pas terminé, ne l'ont pas aimé ou ne l'ont pas lu.

Carl regarda tristement Schascha. Il se sentait désolé de faire éclater son beau rêve – une bulle de savon rouge-jaune-bleu à pois.

— Tu sais, il n'y a pas de livre qui plaise à tout le monde. Et s'il y en avait un, il serait mauvais. On ne peut pas être ami avec tout le monde, parce que chacun est différent. Ou alors il faudrait être sans personnalité, sans angles ni aspérités. Et même comme ça, cela ne se pourrait pas, car les gens ont besoin d'angles et d'aspérités. Tu comprends ? Chacun a besoin de livres différents. Parce que ce qu'une personne aime du fond du cœur en laisse une autre complètement indifférente.

Schascha sourit avec satisfaction.

— Donc on est du même avis ! On va apporter à chacun le livre dont il a besoin.

Elle montra une page de son cahier d'amitié où, dans l'espace réservé à la photographie, elle avait dessiné une femme en pleurs censée représenter Effi.

— Elle, par exemple, elle devrait recevoir des livres gais. Ceux-là, elle les lirait jusqu'au bout.

— Comment peux-tu savoir qu'elle ne termine pas les romans tristes ?

— Elle les feuillette toujours après les avoir déballés, comme on le ferait machinalement, sans intérêt particulier. J'ai fait bien attention à ça ! Et puis je suis allée voir sa bibliothèque et j'ai ouvert certains livres. Tu l'ignores peut-être, mais ils s'ouvrent toujours à l'endroit où on s'est arrêté de lire lorsqu'on les a pris la dernière fois. Drôlement pratique, non ?

— Tiens donc. C'est bon à savoir.

— Dans le cas d'Effi, c'était toujours une cinquantaine de pages avant la fin. Certaines étaient encore collées ensemble, elles ont même légèrement craqué quand je les ai tournées.

Schascha baissa de nouveau les yeux sur son cahier et pointa fermement l'index sur la page suivante.

— Et Mme Brindacier, elle est si peureuse, elle devrait recevoir des romans qui donnent du courage. Et...

— Non, fit Carl.

— Non ?

— Tu as bien entendu, répondit Carl en se levant.

— Mais pourquoi ?

— Je ne veux dicter sa conduite à personne. Quand on achète des livres, on est libre. C'est une chose fantastique. Si tout nous est imposé dans la vie, au moins peut-on encore décider de ce qu'on lit.

Schascha se leva à son tour. Toute sa petite personne vibrait de colère.

— Mais moi j'ai bien réfléchi : à partir de maintenant, tu vas leur apporter les bons livres !

— Non, en aucun cas, trancha Carl en secouant la tête.

4.

De grandes espérances

Comme face à un orage qui se prépare au-dessus d'une mer lointaine, mais ne se déchaînera chez vous que quelques jours plus tard, Carl ne se doutait pas de ce qui l'attendait. En partie du fait que sa connaissance des langues étrangères – l'anglais, le français, le latin et même un peu de grec ancien – ne lui permettait pas de comprendre le langage nettement plus complexe de la jeunesse. Ainsi, il ignorait les multiples significations d'« OK ». Lorsque Schascha avait prononcé ce mot, Carl avait compris : « Tant pis, personne ne recevra le livre qu'il devrait lire. » Cela signifiait au contraire : « Tu peux voir les choses comme ça, mais je ne suis pas de ton avis et je ferai ce que je veux, de toute façon. » Le mot « OK » était beaucoup plus subtil qu'il n'y paraissait.

Ce qui n'échappa pas à Carl, en revanche, c'est que le volume du sac à dos de Schascha avait considérablement augmenté dès le lendemain. Les bretelles s'enfonçaient dans sa veste d'hiver jaune, et à cause du poids la petite fille se tenait plus droite que d'habitude.

— Tu ne veux pas déposer tes affaires d'école à la maison ? Je t'attendrai, proposa Carl.

— Nan, ça va.

— Tu veux que je te débarrasse de quelque chose, alors ?

— Surtout pas ! s'exclama Schascha qui chercha un argument valable pour que Carl cesse de lui poser des questions. Tu es vieux, ce serait plutôt à moi de te débarrasser de quelque chose !

Ensuite, Schascha voulut savoir qui recevrait un livre ce jour-là, et dans quel ordre. Elle n'avait encore jamais eu cette curiosité, mais cela ne parut pas étrange à Carl.

Leur premier client était Mr. Darcy, qui les conduisit cette fois dans son jardin – parce qu'il avait plu. Allergique à toutes sortes de pollens, Darcy ne pouvait se retrouver à l'air libre que durant quelques heures après la pluie. Personne en ville n'aspirait autant à une averse que lui, et chaque goutte de pluie représentait une once de liberté liquide.

Prenant une grande bouffée d'air pur, il leur montra son horloge florale de Linné, grâce à laquelle des fleurs donnaient l'heure quand elles s'ouvraient. Le pourpier de Cooper, ou fleur de midi, par exemple, fleurissait de 12 à 17 heures, le silène de nuit de 19 à 20 heures, et le salsifis des prés était un lève-tôt, qui s'épanouissait de

3 à 12 heures. D'autres plantes étaient très précises, comme la gentiane, qui ouvrait ses boutons à 9 heures, ou la phalangère, à 6 heures. À longueur d'année, Darcy devait faire pousser de nouvelles plantes dans ses parterres, certaines ne fleurissant que quelques semaines.

À côté de l'horloge florale se trouvait un magnifique fauteuil en osier d'une forme qui promettait le plus grand confort. Il semblait lui aussi avoir poussé dans la terre fertile du jardin sans l'intervention de mains humaines.

– Voilà un superbe coin de lecture, constata Carl.

– Ce n'est pas le mien, personne ne s'y est jamais assis.

Carl s'approcha et caressa du bout des doigts l'osier tressé.

– C'est une œuvre d'art, alors ?

– Non, un souhait, ou peut-être un rêve. Pour moi, et ne vous moquez pas s'il vous plaît, il n'y a rien de plus beau qu'une femme qui lit. Quand elle s'absorbe entièrement dans un livre et oublie tout ce qui l'entoure. Le mouvement de ses pupilles, sa respiration profonde pendant une scène dramatique, ou son sourire quand elle découvre un passage comique… J'aimerais tant avoir à mes côtés une femme que je pourrais regarder lire toute la journée !

Darcy ne put s'empêcher de sourire de lui-même.

— Ce serait comme lire un roman dont je ne comprendrais pas la langue. Durant mes études, j'avais une camarade de classe qui lisait toujours près de moi. Malheureusement, elle ne s'intéressait pas du tout à ma personne.

Carl aurait aimé en savoir plus sur cette jeune fille, ainsi que sur l'horloge florale, mais il avait d'autres livres à apporter. Schascha demeurait parfaitement silencieuse et ne cessait de se dresser sur ses orteils, agitée. Elle voulait repartir depuis le moment où ils avaient sonné.

Légèrement vexé par le manque d'intérêt de Schascha, Darcy les raccompagna jusqu'à la porte au lieu d'assister avec eux à l'ouverture des fleurs suivantes.

Schascha fit plusieurs pas sans rien dire, alors que tous les mots étaient déjà rassemblés dans sa bouche, prêts à sortir. Elle attendit que Carl et elle se soient suffisamment éloignés de la villa.

— J'ai oublié un truc. Je dois y retourner. Continue, je te rattrape, fit-elle avant de se mettre à courir.

Carl poursuivit seul son chemin.

La fillette sonna chez Mr. Darcy, qui ouvrit la porte, surpris.

— Il est arrivé quelque chose ?

— Carl a oublié de vous offrir ce livre. C'est son anniversaire aujourd'hui.

— Ce ne serait pas plutôt à moi de lui faire un cadeau ?

– C'est un anniversaire à chiffre rond. Et là d'où il vient, la coutume veut qu'on donne quelque chose aux autres.

– Mais d'où vient-il ?

– Du Panama, répondit Schascha, qui avait entendu parler de ce pays dans un livre où l'on se promenait à travers le monde. Je dois y aller !

Tandis que Schascha revenait sur ses pas en courant, à bout de souffle, elle songeait que son plan avait fonctionné à merveille. Et trouvait agréable que son sac à dos pèse un peu moins lourd.

Lorsqu'ils arrivèrent devant chez Effi, la jeune femme était assise à la fenêtre. C'était la première fois que Carl la voyait là, la tête plongée entre les pages d'un livre. Il ne put s'empêcher de penser au rêve de Darcy, mais il ne serait pas exaucé avec Effi. Il n'y avait rien de charmant dans sa façon de lire, elle tenait un gros ouvrage devant son visage, comme un bouclier. Certes, on pouvait toujours arracher quelqu'un à sa lecture, se dit-il, mais tout lecteur était protégé d'une manière particulière, comme absorbé dans une activité sacrée, sans qu'il ait pour autant besoin de tenir son livre comme le faisait Effi.

La pièce où était assise Effi était plongée dans l'obscurité, une silhouette sortit de l'ombre et s'approcha d'elle, l'air menaçant. L'homme était plus âgé, ses cheveux blancs coupés ras, il avait un visage tanné, des traits anguleux et une carrure athlétique. On aurait dit un militaire, et

Carl frissonna en constatant à quel point le nom qu'il avait choisi pour Andrea Cremmen semblait correspondre.

— Sonne tout de suite, demanda-t-il à Schascha, qui se précipita et appuya sur le bouton à côté de la plaque dorée.

Carl, nerveux, ne quittait pas la fenêtre des yeux. Il espérait qu'Effi allait se lever. Que le livre qu'il transportait pour elle dans son sac à dos lui fournirait un prétexte pour se diriger vers la porte.

Mais la tête de la jeune femme s'enfonça encore plus entre les pages. La porte s'ouvrit brusquement. Dans les yeux bleu acier qui le toisaient, Carl ne lut que du reproche.

— Bonjour. Librairie La Porte de la ville, j'ai une livraison pour Mme Cremmen.

— Où dois-je signer ?

— J'aurais quelques mots à dire à Mme Cremmen.

— Elle n'est pas là.

Un silence. Schascha intervint :

— Mais elle est assise près de la fenêtre ! Je la vois bien. Elle est là.

Elle la montra du doigt, comme si elle devait prouver ses dires.

— Elle n'est pas disponible. Revenez demain, répliqua l'homme avant de claquer la porte.

Effi leva les yeux. Alors seulement, Carl put voir sa joue gauche, rouge et enflée.

— Sonne encore, exigea Schascha.

— Non, trancha Carl. Ça pourrait aggraver les choses pour elle.

Schascha pressa alors sur la sonnette en rétorquant :

— Ou les améliorer !

On entendit une sorte de beuglement à l'intérieur. Puis Effi se leva, entrebâilla la porte. D'une largeur de livre seulement. Elle ne montrait que le côté indemne de son visage.

— Je suis désolée, je suis malade et je ne peux pas…

— Cet homme t'a frappée ? la coupa Schascha. Il faut qu'on appelle la police ?

— Non ! s'exclama précipitamment Effi. Je dois retourner près de lui maintenant.

— Tenez, votre livre, déclara Carl. Nous reviendrons. Bon courage. Si vous voulez parler à quelqu'un, voici mon numéro.

Il l'inscrivit rapidement sur un marque-page qu'il lui tendit à travers la porte entrebâillée.

Et l'univers d'Effi se referma sur elle.

Elle se retrouvait seule avec son mari, Matthias, dont elle était tombée éperdument amoureuse des années plus tôt. Elle travaillait alors aux urgences et Matthias s'était présenté avec des blessures et des fractures mineures. Par son langage corporel, il faisait penser à un arc tendu, ses yeux disaient qu'il pouvait repérer les failles dans les systèmes de défense. Tout le monde s'était aperçu que quelque chose ne tournait pas rond chez l'homme au costume bleu foncé parfaitement ajusté. Y compris Effi, mais elle aurait voulu savoir quoi. Dans la salle de soins n° 3, Matthias lui avait raconté qu'il avait été roué de coups par trois types qui s'étaient moqués de lui parce qu'il lisait un livre sur un banc du parc. Il n'avait eu aucune chance contre eux. C'est alors que l'amour avait germé dans le cœur d'Effi. Elle avait choisi Matthias, car elle pensait qu'un homme qui lisait était forcément sensible. Qu'importait ce qui semblait clocher chez lui, la lecture suffirait à le changer. À le sauver. Elle ne lui avait jamais demandé ce qu'il était en train de lire. En réalité, le livre portait un titre racoleur, imprimé en gros caractères sur la couverture : *Gagne tous les combats !* Les trois hommes s'étaient sentis titillés et avaient fait des remarques désobligeantes sur Matthias. Celui-ci avait bondi et s'était jeté sur eux. Il avait rapidement perdu le combat, mais se battre lui avait fait du bien. Plus tard, il s'était mis à assister, le week-end, aux matchs à domicile de l'équipe de football de la ville. Pas pour le match, mais pour la bagarre entre supporters qui s'ensuivait. À chaque coup de poing qu'il donnait, à chaque coup de poing qu'il recevait, Matthias se sentait vivant. Se battre était devenu une addiction. Il en était venu à céder à cette soif entre les quatre murs de sa maison. Il aimait toujours Effi, mais il aimait encore plus la frapper. Effi n'abandonnait pas l'espoir que l'homme sensible qui lisait sur le banc du parc finirait par prendre conscience de son inconduite, de sa violence. Et elle pensait que plus elle l'aimerait et prendrait soin de lui, plus elle rendrait leur maison agréable, plus tôt cela arriverait. Mais malgré tous ses efforts, Matthias trouvait toujours un reproche à lui faire. Et donc, une raison de la frapper. Il prétendait qu'il ne la cognait pas par plaisir, mais parce qu'elle le méritait. Qu'il ne voyait pas de meilleure punition pour elle.

Carl ne pouvait se consoler à l'idée qu'Effi disposait d'un nouveau livre pour seul soutien.

— On n'a pas été à la hauteur ! s'exclama Schascha. On doit faire plus pour elle.

— Tu as raison. Réfléchissons au livre qui pourrait lui venir en aide.

Incapable de trouver une réponse, Schascha gardait le silence. Après qu'ils eurent tourné à l'angle de la rue, elle s'aperçut qu'elle avait encore oublié quelque chose. Carl se demanda si les enfants souffraient autant d'étourderie que les personnes âgées. Il était incapable de s'en souvenir.

Cependant, lorsque plus tard Schascha déclara avoir également oublié quelque chose chez Mme Brindacier (dont la trouvaille du jour était : « Il lui adressa un regard lourd de chance »), Carl la suivit discrètement jusque chez celle-ci. Soudain, Chien s'approcha de lui ; il reçut une friandise sortie de la vieille boîte de pastilles de Carl, et l'un et l'autre virent Schascha offrir à la vieille dame un livre recouvert de papier cadeau bariolé. Après l'avoir déballé, Mme Brindacier serra chaleureusement Schascha dans ses bras, disparut un instant, et revint lui donner une tablette de chocolat.

Carl aurait beaucoup aimé voir le titre du livre, mais il ne voulait pas s'immiscer de peur de gêner la fillette. Une occasion moins embarrassante ne tarderait pas à se présenter – si Schascha oubliait un « truc » chez le dernier client aussi.

Elle rejoignit Carl en sautillant, enleva son sac à dos et se mit à le balancer comme si c'était un partenaire de danse. Chien la regardait, perturbé, la queue dressée, et Carl lui donna une autre friandise pour le calmer. C'était une période étrange pour Chien également, après tout.

Le liseur se montra très heureux de la nouvelle traduction du *Don Quichotte* de Cervantès.

— Tu lis vraiment beaucoup, constata Schascha.

— Huit heures par jour à l'usine, et ensuite à la maison, histoire de sélectionner de nouveaux romans pour nos rouleurs de cigares.

— Donc tu t'y connais énormément en livres ?

— Oh, peu importe le nombre de romans que tu lis, il en restera toujours que tu n'as pas lus. C'est triste… Quand on aime lire, on voudrait pouvoir découvrir tous les bons livres.

— Pourquoi tu n'en écrirais pas un toi-même ? Tu sais ce qui fait un bon livre.

Le liseur eut l'air frappé par la foudre.

Carl s'étonna que Schascha ne lui ait pas posé cette question à lui. Peut-être pensait-elle que les gens qui livrent des ouvrages n'en écrivent pas. Tout comme les livreurs de colis ne fabriquent pas de colis, ils se contentent de les livrer.

— Vous avez là une remarquable petite accompagnatrice, dit le liseur en regardant Carl.

— Ce n'est pas la première fois que je me fais moi-même cette réflexion, répondit Carl.

En fait, il se le disait sans cesse.

— J'ai effectivement écrit un livre. Ça m'a pris dix ans.

Chien se frottait aux jambes du liseur, et Carl eut l'impression que le chat essayait de calmer l'homme, qui semblait très nerveux.

— De quoi ça parle ? s'enquit Schascha. De toi ?

Le liseur sourit.

— Non, c'est l'histoire d'un sourd-muet qui veut apprendre le tango. Mais toutes les écoles de danse le refusent, alors il finit par passer une annonce dans le journal. Une femme le contacte, prête à le lui enseigner. Elle pose les enceintes par terre et ils dansent pieds nus pour qu'il puisse sentir les vibrations à travers la plante de ses pieds. Ils tombent amoureux, mais l'homme découvre alors que sa professeure est elle aussi sourde et muette. Il se sent abusé, profondément trahi, car elle non plus n'entend pas la musique, et il se détourne d'elle.

— Débile, cette histoire, commenta Schascha. Enfin, la fin est débile. Ils doivent s'embrasser.

— Ils s'embrassent, mais pas à la fin.

— Mais c'est là que c'est le plus important ! Il faut s'embrasser à la fin. Avant, ça ne compte pas vraiment.

— Tu sais, dit le liseur, dans la vie, il arrive souvent qu'on s'embrasse un jour, puis plus. La différence entre un roman qui se termine bien et un autre, c'est juste le moment auquel on décide de mettre fin à l'histoire.

— Tu ne comprends pas ce que je veux dire. Personne n'aime les histoires tristes.

À peine eut-elle prononcé ces mots que Schascha se rappela que ce n'était pas vrai. Elle pensa à Effi.

— Enfin, je veux dire pas les gens normaux et heureux. Et alors, beaucoup de gens ont acheté ton livre ?

— Non, personne ne l'a lu. Parce que je ne l'ai jamais montré à personne.

— Tu ne l'as jamais lu à haute voix non plus ? À ton travail ? Aux femmes qui fabriquent les cigares ?

— Je n'arriverais pas à en lire un seul mot.

— Pourquoi ?

— Parce que ça pourrait être affreusement mauvais.

— Donne-le au passeur de livres, il s'y connaît, fit Schascha en désignant Carl. Il te dira si l'histoire est bonne ou mauvaise. Mais tu sais déjà que la fin est débile.

Schascha eut soudain l'impression que le liseur ne bougerait plus. Il s'était figé. Sa tête devait être encombrée de pensées.

— Je ne peux pas lui demander ça, chuchota-t-il finalement à Schascha même s'il savait que Carl entendait.

— Bien sûr que si, il le fera avec plaisir. Il est gentil. Et il lit, de toute façon. Alors il peut aussi lire ton roman.

— Monsieur Kollhoff, il m'est pénible de vous importuner. Je ne voudrais pas vous imposer ça, on vous le demande sûrement sans arrêt.

On ne le demandait presque jamais à Carl, qui s'en réjouissait. Car, si le texte était mauvais, comment l'annoncerait-il à un client sans le blesser ?

— Tu vas t'en occuper, hein ? insista Schascha.

La question de la petite fille ne laissait pas place au doute. Carl hésita, fixant ses yeux bleu clair rayonnants de bonheur. Il n'avait pas le droit de la décevoir.

— Bien sûr, j'en serai ravi.

— Je vais le chercher ! déclara le liseur, qui disparut et revint avec une boîte à chaussures qui renfermait son manuscrit. S'il vous plaît, soyez honnête, soyez impitoyable. C'est la seule chose qui me permettra de progresser.

Il déglutit avec difficulté. Schascha ignorait ce qu'il venait d'avaler, mais ce devait être gros.

— Prenez votre temps, lisez-le tranquillement.

— C'est pour moi une joie et un honneur.

— Ça reste à voir, commenta le liseur avec un sourire contraint.

Il avait ardemment souhaité et redouté ce moment. Son roman faisait maintenant son entrée dans le monde. Ce n'était qu'un petit pas, certes, mais ses lignes connaîtraient enfin ce pour quoi elles avaient été écrites : elles seraient lues, fût-ce par un unique lecteur.

Il craignait cependant qu'elles ne se brisent.

— Bon…, reprit le liseur qui ne savait pas quoi ajouter.

— Salut ! lança Schascha. On doit se remettre au travail.

— Oui, je ne veux pas vous retenir plus longtemps. À bientôt. J'ai déjà passé commande par téléphone pour le prochain livre.

Ils se dirent au revoir, et alors que Carl et Schascha s'éloignaient, la petite fille s'aperçut encore une fois qu'elle avait oublié quelque chose.

— Je vais t'accompagner, dit Carl. Je m'ennuie terriblement sans toi.

— Je n'en ai pas pour longtemps, tu n'auras pas le temps de t'ennuyer.

— Je viens quand même avec toi, quelques pas supplémentaires me feront du bien.

Carl s'amusa de voir Schascha se mordre la lèvre inférieure – et il eut aussitôt honte de sa réaction.

La fillette se frappa le front de façon théâtrale.

— Je suis bête, je n'ai rien oublié.

— Tu en es sûre ?

— Certaine !

— Tu ne veux plus lui apporter un de tes livres ?

Schascha trépigna de colère.

— Pfff ! Tu es au courant depuis le début.

— Seulement depuis Effi.

— Tu m'as espionnée !

— Et tu me fais de la concurrence.

— Pas du tout. Je ne vends pas mes livres, je les offre.

— Ce sont les livres qu'ils devraient lire ?

— Oui, ils vont les rendre heureux. Tu ne voulais pas le faire, alors… Il a fallu que je casse ma tirelire.

— Quels livres as-tu choisis ?

— Mr. Darcy ne lit que des choses qui font réfléchir, et je pense qu'il devrait faire quelque chose de ses mains, pour changer. Donc je lui ai offert un livre sur l'exploitation forestière, j'ai vu du bois dans son jardin.

— Un choix tout naturel. Et Mme Brindacier ?

— Elle adore trouver des erreurs. Plus il y en a, plus elle est heureuse.

— J'ai hâte de savoir à quel livre tu as pensé…

— Celui où on voit sur chaque page deux images presque identiques, mais avec dix erreurs cachées dans l'une des deux. Ça s'appelle…

— *Trouve l'erreur !* s'exclama Carl, songeant que ce n'étaient pas tout à fait les erreurs que les vieilles enseignantes aux yeux fatigués décelaient d'emblée. Ça l'occupera sans aucun doute un bon moment. Et pour Effi ?

— De quoi rire. *La Famille Fenouillard.*

Carl se dit qu'Effi n'en lirait pas plus d'une page. Pour autant, même s'ils n'étaient pas lus, les livres qu'on offrait étaient un témoignage d'affection – et un hommage à l'intellect et au goût de celui qui les recevait. Le succès de nombreux ouvrages, et partant de leurs auteurs, venait de ce qu'ils étaient souvent offerts, bien que jamais lus. Ces livres-là avaient fière allure sur une étagère, ils s'accordaient harmonieusement à la reproduction d'un Dalí représentant des éléphants perchés sur des échasses, exposée dans son cadre doré près d'une bibliothèque.

— J'ai déposé le livre de blagues dans la boîte aux lettres d'Effi, par contre. Je ne voulais pas sonner une nouvelle fois.

Carl jeta un coup d'œil vers l'immeuble du liseur.

— Et lui, que lui as-tu apporté ?

— C'était drôlement dur ! Je ne savais pas trop ce qui pourrait le rendre heureux. Parce que je ne sais pas ce qui le rend malheureux.

— Mais tu as un livre pour lui ?

Schascha hocha la tête et sortit l'ouvrage de son sac à dos.

— C'est d'un Alfred quelque chose, un livre sur les mots nouveaux.

— Alfred Heberth : *Les Néologismes dans la langue allemande depuis 1945*. C'est original.

— J'ai pensé que ça l'amuserait sûrement de découvrir des expressions qu'il n'a jamais entendues. Comme… « moucher des mouches à miel ».

— Ça n'existe même pas.

— Mais c'est si amusant à dire… « Moucher des mouches à miel » !

— Et que penses-tu de « tempêter avec sa trompette » ?

Schascha lui glissa un regard en coin.

— Tu peux être drôle, dis donc !

— Seulement par accident.

— Tu l'admets sans problème. C'est pas grave.

— Je suis sûr que tu n'as pas trouvé cet ouvrage toute seule. Qui te l'a recommandé ?

— Le vieux monsieur de la librairie d'occasion Moses. Il est encore plus âgé que toi et sa peau fait des plis partout, comme mon drap-housse quand il sort du lave-linge.

Hans Witton, le propriétaire de la librairie Moses, était un homme merveilleux et chaleureux qui, au milieu de tous ses livres empilés, faisait à Carl l'effet d'une tortue sortant lentement la tête de sa carapace. Cependant, Hans ne lisait pas. Il avait repris autrefois le commerce de sa mère. Par esprit de rébellion, il ne connaissait ni Goethe, ni Schiller, ni Dumas, ni Hugo, ni Tolstoï, seulement les *San-Antonio*. Il avait retenu les noms des grands auteurs et les titres de leurs œuvres, et savait de quel genre de livres il s'agissait, même s'il n'en avait lu aucun. Sa femme s'en chargeait pour lui. Mais depuis sa mort, plus tôt cette année-là, Moses était une librairie d'occasion sans lecteur.

— Je lui ai dit que je n'avais assez d'argent que pour des livres bon marché. À peine un euro pour chacun. Ça n'était pas un problème du tout.

— Et tu y as trouvé tous tes cadeaux ?

— Bien sûr. Ou plutôt, cet homme a trouvé ce qu'il fallait. Ç'a été très vite fait. À côté de la caisse, il y avait un carton avec les bons livres.

Hans y mettait ce qu'il ne parvenait plus à vendre pour le donner à ses clients fidèles – et faire de la place. Ce n'étaient certainement pas les meilleures œuvres, tout au plus quelques ouvrages honnêtes.

— Apporte ton cadeau au liseur, il sera content.

— Et toi, tu vas faire quoi ?

— Rester ici et réfléchir.

— À quoi ? demanda Schascha qui avait appris qu'il n'était jamais bon que les adultes réfléchissent sans dire à quel propos.

— Quand on ne peut pas stopper l'idée d'une petite fille têtue, vaut mieux veiller à ce que cette idée marche le mieux possible.

— Ça, je t'autorise à y réfléchir très, très longtemps ! répondit Schascha.

Il était 21 heures lorsque le téléphone sonna – un objet dont Carl, en tant que représentant très paisible de son espèce, n'était pas très amateur. Il sursauta car il se trouvait alors en Afrique ; il lisait le roman autobiographique de Karen Blixen, ce qu'il n'avait pas fait depuis vingt-cinq ans. Au bout d'un quart de siècle, il reprenait chaque œuvre pour voir si elle avait quelque chose de nouveau à lui raconter.

Carl glissa soigneusement une facture de la boulangerie dans le vieux livre, en guise de marque-page.

Avant de décrocher, il vérifia sa tenue et redressa le col de sa chemise.

— Allô ?

— Bonjour, je parle bien à Carl Kollhoff ?

— Oui, c'est moi.

— Ici la maison de retraite Les Horizons de la cathédrale. Gustav Gruber souhaiterait vous voir.

— Mais nous sommes samedi, il ne veut jamais de visite d'habitude.

— Il ne va pas bien du tout. Vous feriez mieux de vous dépêcher.

Carl marcha si vite à travers les rues plongées dans l'obscurité qu'il arriva à bout de souffle. En chemin, il s'était demandé s'il devait apporter quelque chose à Gustav. Seulement, quand quelqu'un s'apprêtait à partir pour toujours, il devait tout laisser derrière lui, y compris ce qu'on venait de lui offrir. Carl avait tout de même acheté un bouquet de tulipes dans une station-service. Gustav aimait ces fleurs qui lui rappelaient Amsterdam. Leur vue le rendait heureux. On ne pouvait pas emporter le bonheur avec soi, mais une vie n'en contenait jamais trop. Et peut-être que dans les moments ultimes cela se révélait plus important que jamais.

À la maison de retraite, Carl prit l'escalier pour ne pas avoir à patienter devant l'ascenseur. Il frappa à la porte et ouvrit sans attendre de réponse.

Dans la chambre se tenait Sabine Gruber.

Allongé dans son lit, Gustav respirait faiblement et superficiellement.

— Vous ne pouvez pas le voir, annonça Sabine Gruber en mettant ses mains sur la poitrine de Carl pour le repousser.

Elle voulait avoir pour elle seule ces derniers instants avec son père.

— Personne ne peut le voir, reprit-elle en refermant la porte derrière elle. Il a besoin de repos.

— Comment va Gustav ?

— Je n'ai vraiment pas le temps d'en parler avec vous.

— Je peux faire quelque chose ?

— Non, vous ne pouvez pas l'aider.

— Je parlais de vous, aussi. Puis-je aller vous chercher quelque chose ? Vous avez peut-être besoin de boire ou de manger un morceau.

— Monsieur Kollhoff, je me débrouille très bien sans vous.

Et elle le planta là sans un mot de plus.

Carl ne voulait pas abandonner son ancien patron. Partir maintenant lui aurait donné la sensation de tourner le dos à un homme en train de se noyer.

Il s'assit, pour se relever aussitôt. S'asseoir revenait à renoncer. Alors il se mit à parcourir les couloirs de la résidence, qui sentaient le vinaigre ménager et se ressemblaient tant qu'on aurait pu se croire dans un labyrinthe, toute évasion étant impossible.

Soudain il vit surgir une armoire remplie de livres. La bibliothèque de l'établissement abritait des ouvrages usés qu'on n'aurait même pas vendus sur un marché aux puces. Un véritable hospice à livres. Le regard de Carl survola les dos, les noms des auteurs et les titres. Au début, il ignorait ce qu'il cherchait, mais moins il le savait, plus sa quête lui paraissait claire.

Il dénicha *Émile et les détectives* d'Erich Kästner. Gustav avait dû le lire, enfant.

Carl s'assit sur une chaise devant la chambre de Gustav.

Et se mit à lire.

Il lisait à voix haute, même si les mots ne pouvaient traverser le mur pour parvenir jusqu'à Gustav. De même que les mots n'étaient doués d'aucune magie qui puisse guérir Gustav. Et Carl savait que lui-même n'était pas Merlin, ni Vendredi, ni Kirke. Juste Carl Kollhoff, dont la voix était cassée et à qui son meilleur ami manquait.

Il lui lut donc l'histoire d'Émile Tischbein, à qui M. Grundeis avait volé cent quarante marks dans le train. L'histoire de Gustave au klaxon, de Pony Bibi et du central téléphonique.

Carl lisait sans faire de pause, craignant de lâcher le fil de la vie de Gustav s'il laissait celui des mots s'interrompre.

Soudain, une infirmière passa devant lui pour entrer dans la chambre de Gustav, suivie d'autres personnes en blouse blanche. C'était comme regarder une volée d'oiseaux chassés par un rapace.

Carl se mit à lire plus fort et plus vite. Pressant les mots de sortir du livre. Ses doigts tenaient le volume si fermement qu'ils en firent gondoler la couverture rigide.

C'est alors que la volée d'oiseaux blancs quitta la chambre lentement, tête baissée.

Plus personne ne sortant de la pièce, Carl referma le livre sans hâte, le posa doucement par terre, à côté de la porte de Gustav, et quitta le bâtiment.

Il était maintenant vide pour lui.

La vieille clochette en cuivre annonçant l'entrée des clients dans la librairie La Porte de la ville sonnait gaiement, en mode majeur. Mais lorsque Carl y pénétra le lendemain, il lui sembla que c'était en mode mineur.

Près de la porte avait été installé un chevalet sur lequel se trouvait une grande photographie encadrée, drapée de crêpe noir. On y voyait Gustav à l'époque où Sabine lui avait fait prendre sa retraite. Il disparaissait derrière un gros bouquet de fleurs, et son sourire semblait être un écho paresseux de l'air radieux de sa fille. Gustav n'était déjà plus lui-même, il avait commencé à devenir une ombre.

Devant le chevalet se dressait une petite table recouverte d'une nappe d'un blanc éclatant sur laquelle était posé un recueil de condoléances. Les doigts tremblants, Carl tourna les pages épaisses. Des cœurs y avaient été tracés, en compagnie de mots disant la tristesse et le manque. Beaucoup évoquaient des souvenirs avec Gustav ou citaient des œuvres qu'il leur avait recommandées, racontant ce qu'elles représentaient pour eux.

Près du livre, un feutre de calligraphie noir invitait à laisser un commentaire.

Carl savait reconnaître les mots qui sonnaient juste dans son cœur quand il les lisait. Mais il ne trouvait jamais les bons mots quand il s'agissait d'écrire. Or, pour Gustav, les mots devaient être justes. Dédier de mauvais mots à un homme de mots reviendrait à servir à un chef sa propre recette préparée de façon calamiteuse.

Vêtue d'une robe fourreau noire, Sabine Gruber se tenait derrière le comptoir, les doigts sur le clavier de l'ordinateur, les cheveux tombant en rideau sur son visage.

Carl s'approcha.

— Mes plus sincères condoléances pour la perte que… vous avez subie.

Il avait encore plus de mal à la vouvoyer que d'habitude.

— Merci, répondit Sabine Gruber sans lever les yeux. Il faut qu'on parle.

— Je serai toujours là pour toi si tu as besoin d'écoute, ou d'une épaule. Tu le sais.

Elle le regardait à présent. Mais pas dans les yeux. Elle semblait fixer un point au milieu de son front.

— *Monsieur* Kollhoff, il ne s'agit pas de mon père, mais de la librairie.

L'univers de Carl était tellement empli de chagrin qu'il ne remarqua pas le ton coupant de Sabine.

— En ce qui concerne la librairie aussi, je serai toujours là pour vous.

— Du vivant de mon père, je n'ai pas pu mettre en œuvre beaucoup de choses, parce qu'il ne les aurait pas appréciées. Mais vous comprendrez certainement que je ne peux plus repousser ces changements à présent. Il y va de la survie de notre librairie.

On aurait dit qu'elle avait écrit et répété ces phrases à l'avance.

— Oui, bien sûr, répondit Carl, qui ne se doutait toujours pas de ce qui l'attendait.

— Nous mettons un terme à votre service de livraison. À l'avenir, les livres commandés seront retirés chez nous, ou expédiés par notre fournisseur. Veuillez en informer personnellement les clients lors de votre dernière tournée. Si quelqu'un manque à l'appel, nous l'en informerons par courrier.

— Est-ce à cause de ma rétribution ? Dans ce cas, je ne prendrai plus d'argent.

— Monsieur Kollhoff, ce n'est pas qu'une question d'argent. Je vous ai déjà expliqué en détail la charge supplémentaire que ce service implique.

— Mais la plupart des clients passent directement commande auprès de moi, et j'entre les livres dans le système.

— Je n'ai aucune envie de discuter des procédures internes avec vous. C'est ma librairie, et j'ai pris cette décision, commenta Sabine en tapant sur le clavier de l'ordinateur. Il s'agit d'une décision totalement rationnelle, de gestion pure. S'il vous plaît, n'y attachez pas plus d'importance que cela n'en mérite. Et profitez maintenant de vos soirées libres pour faire des choses agréables.

Carl restait figé. Durant les premiers instants, il ne pensa à rien du tout. Ce n'est qu'en se rendant compte qu'il avait oublié de respirer qu'il se remit à penser – et à remplir ses poumons d'air. Il était censé consacrer ses soirées libres à des choses agréables ? Mais il n'y avait pour lui rien de plus beau que d'apporter des livres !

— Dans ce cas, je paierai de ma poche les livres commandés, comme un client normal. Ça ne vous coûtera rien du tout.

— Mais l'assurance ne vous couvrira pas pendant vos livraisons.

— C'est un risque que j'assumerai seul.

— Monsieur Kollhoff, voilà exactement le genre de discussion que je voulais éviter.

— Mais...

— Cela ressemblerait à un service officiel de la librairie. Si vous avez un comportement inadapté avec un client, nous aurons à en subir les conséquences. Mettons un terme à cette discussion, j'ai vraiment plus important à faire. Et vous tous, retournez au travail !

Carl n'avait pas remarqué que les trois autres employés de la librairie et Leon le stagiaire s'étaient rassemblés à ses côtés.

— M. Kollhoff ne s'est jamais mal comporté avec un client, objecta Vanessa Eichendorff, que Carl avait formée des années plus tôt.

À l'époque, il l'avait encouragée pour qu'elle surmonte des débuts difficiles et n'abandonne pas.

— Il n'y a jamais eu la moindre plainte, souligna Julia Berner, à qui Carl avait donné trente marks parce qu'elle s'était trompée à la caisse le premier jour.

– Grâce à lui, les commentaires des clients nous sont favorables, ils estiment qu'on s'investit énormément pour eux.

Cette remarque venait de Jochen Giesing. Carl avait autrefois obtenu un stage pour sa fille Lily dans la boulangerie où il prenait chaque matin son croissant au beurre depuis vingt-sept ans et où il était considéré comme un ami.

Leon eut l'impression qu'il devait dire quelque chose, lui aussi.

– Grâce à Kollhoff, toute ma famille achète ses livres ici depuis des années. Même si je ne les lis pas.

Les paupières de Sabine Gruber tressaillaient nerveusement, sa carotide palpitait et ses mains déplaçaient un crayon de gauche à droite avec impatience. Elle avait déjà décroché une photo de Gustav avec le futur prix Nobel Günter Grass, qui était alors un jeune homme, le prix culturel de la ville qui avait été décerné à Gustav en remerciement de toutes les lectures qu'il avait organisées, et même son portrait maladroit qu'elle avait dessiné à la maternelle. Elle voulait tirer un trait sur tout ce qui lui rappelait son père, car cela lui faisait mal. Et ce qui le lui rappelait le plus avait pour nom Carl Kollhoff, à qui Gustav aurait confié la librairie si la tradition n'en avait pas décidé autrement.

Sabine Gruber lut sur les visages de ses employés qu'ils ne voulaient pas encore laisser partir son père et que Carl Kollhoff représentait, pour eux aussi, le dernier lien avec lui.

Ce n'était sans doute pas le jour idéal pour couper radicalement les ponts.

Mais c'était le bon jour pour montrer à tous que les ciseaux étaient prêts.

— Bien. Laissons cela… jusqu'à nouvel ordre, décida-t-elle.

C'était une menace, que chacun comprit.

Carl emballa ses livres en silence. Le pliage du papier, le doux bruit du ruban adhésif au moment d'en détacher un morceau, le frottement d'un paquet contre un autre dans son sac à dos, toute cette routine familière calma un peu sa respiration, mais pas son cœur. Il était en sursis, la moindre erreur provoquerait son bannissement. Carl ajouta aux livres commandés ceux qu'il comptait offrir à ses clients, pour les rendre aussi heureux que Schascha l'avait prévu.

Lorsqu'il serait licencié, quel livre choisirait-il pour lui-même ? L'ordinateur de Sabine Gruber recommanderait probablement un ouvrage sur les différentes activités susceptibles d'occuper un homme de son âge. Cultiver un potager, cuisiner avec deux ingrédients, tricoter un bonnet pour l'hiver, faire de la peinture sur soie, peut-être suivre des cours à l'université du troisième âge. Tout cela rendait sans doute une personne heureuse, à condition qu'elle ne vienne pas de perdre la mission qui l'avait réjouie pendant des décennies. Dès lors, ces activités ne seraient plus que des succédanés au goût aussi amer que la chicorée pour qui avait l'habitude du café fraîchement moulu.

Même la veste jaune de Schascha, qui la faisait ressembler à un soleil planté sur deux jambes sous un ciel très couvert ce jour-là, ne réussit pas à lui remonter le moral.

— Tu as l'air différent, fit-elle remarquer en guise de salut.

— Je suis le même, pourtant.

— Tes yeux ne sont pas comme d'habitude, insista Schascha qui recula pour l'observer attentivement.

— Je n'en ai qu'une paire, et on ne peut pas en changer.

— Tu as pleuré ?

— Non.

— Tu as pleuré à l'intérieur, peut-être ? Pas avec des larmes dans les yeux, mais avec le cœur ?

— Avec des larmes dans le cœur ?

— Oui, c'est ça.

— Mais pourquoi mes yeux auraient-ils l'air différents, alors ?

— Ils ont honte parce que c'est eux qui sont censés pleurer.

Carl passa le bout de ses doigts sur ses paupières, pour le cas où ses yeux seraient effectivement honteux et auraient besoin d'un peu d'attention.

– Je peux encore poser une question ? s'enquit Schascha.

– D'ordinaire tu ne demandes pas, tu la poses.

– J'ai un peu peur que tu la trouves stupide.

– Ça ne t'a jamais dérangée jusque-là, et les choses doivent rester comme ça entre nous. Vas-y.

– Tu as un nom pour moi aujourd'hui ?

– Non. Je n'ai en tête aucun personnage de roman qui te ressemble.

– Mais j'en veux un ! Tu dois lire plus de livres !

– Ce sera bientôt le cas, je pense, déclara Carl sans explications.

Chien arriva plus tôt qu'à l'accoutumée et frotta son flanc contre la jambe droite de Carl, du côté de l'ancienne boîte de pastilles contenant les friandises.

Mais Carl ne lui donna rien. Chien reviendrait-il quand même ? L'animal l'évita lorsqu'il se pencha pour gratter sa petite tête et, la main tendue dans le vide, Carl perdit l'équilibre. Ses genoux heurtèrent le sol. Il s'écroula de tout son long sur les vieux pavés qui pendant des siècles n'avaient cédé ni aux fiacres ni aux chenilles des chars militaires. La désolation pesait plus lourd encore que la douleur irradiant de tous ses membres. Carl n'était jamais tombé pendant une tournée, il n'avait même jamais glissé. Il avait toujours pu compter sur ses chaussures solides, ses chaussettes épaisses et ses pieds robustes. Mais le monde de Carl était en train de changer : ces changements l'attaquaient comme une meute de loups affamés s'en prendraient à un mouton blessé.

— Je vais t'aider à te relever, dit Schascha en lui offrant son bras.

Carl s'accrocha à elle tout en prenant appui sur les pavés pour ne pas risquer de déséquilibrer la petite fille.

— Tu veux que je porte ton sac à dos aujourd'hui ? Je peux en porter deux.

— Non, répondit Carl en se remettant debout.

Ses genoux lui faisaient mal, et la paume de ses mains était écorchée.

— Ce serait bizarre de faire ma ronde sans ce poids sur mon dos, reprit-il.

Schascha lui rendit son sac, qui avait glissé au moment de sa chute.

— Il est drôlement lourd. Il n'y a dedans que des livres que tu aimes ? Ou d'autres aussi ?

— Tes questions sont intéressantes, déclara Carl en époussetant ses vêtements. Mais il y en a trop pour moi aujourd'hui. Je n'ai pas la force.

— Ce n'est pas une réponse !

Carl soupira.

— Je transporte aussi des livres que je n'aime pas. Ou qui ne me parlent pas. Tu sais, un livre ne parle pas à tout le monde. Par ailleurs, même un livre stupide peut donner lieu à des pensées intelligentes. Un peu de stupidité n'a jamais fait de mal à personne. Il faut juste veiller à ne pas la laisser prendre le dessus et se répandre.

Il arrivait très rarement à Carl de mentir. Lorsqu'il annonçait qu'un livre était malheureusement épuisé, il en avait toujours honte. Une fois, sous ce prétexte, il n'avait pas livré un roman à Effi : il avait entendu dire qu'après l'avoir lu une femme avait sombré dans la dépression.

— J'ai encore une question.

— Une autre fois, je n'ai pas envie de parler aujourd'hui.

— Juste une ! S'ilteplaît-s'ilteplaît-s'ilteplaît !

— Tu ne peux pas laisser tomber ne serait-ce qu'une fois ?

Schascha prit cela pour un oui. Mais elle aurait posé sa question même si Carl avait répondu non. Elle pressentait qu'il allait s'enfoncer dans la tristesse, ce jour-là, s'ils ne parlaient pas. Ses questions étaient des bouées de sauvetage pour les pensées de Carl, afin qu'elles restent à la surface.

— Tu as déjà refusé un client ? Ou rayé quelqu'un de ta liste ?

Agacé au possible, Carl en oublia un instant son chagrin.

— Oui, pour cause de légitime défense. Tout comme je m'apprête à me taire pour cause de légitime défense !

— Ce client, c'était le mari d'Effi ? Il allait te frapper ?

— Quoi ? Non. Où est Chien ?

Le chat était parti. Sans un bruit.

— Pourquoi, alors ? insista Schascha. Dis-moi !

Carl prit une profonde inspiration. Il n'avait vraiment aucune envie de répondre, mais il redoutait encore plus de perdre sa petite compagne, après Chien. Se retrouver seul serait pire que les questions de Schascha.

— C'était une cliente qui commençait toujours par briser les livres neufs. Elle les ouvrait jusqu'à ce que la reliure craque.

— Mais quelle malade ! s'exclama Schascha qui songea à cracher avec mépris sur le sol, mais s'abstint, trouvant la chose trop dégoûtante.

— Elle disait qu'on les tenait mieux en main et qu'ils se refermaient moins facilement. Elle le faisait juste après les avoir déballés, elle ne pouvait pas attendre que je sois parti. Je ne supportais plus ce bruit. Tu es contente maintenant ?

Schascha pensa aux livres dans son sac à dos.

— Tu as bien fait. Je t'offre une glace ?

— Parce que j'ai répondu à ta question ?

— Non, parce qu'on se sent toujours de meilleure humeur avec une glace.

— Ça n'allège pas tous les problèmes. Certainement pas le mien.

— Si, tous. C'est ça qui est génial avec la glace.

Elle insista pour que Carl mange chez Pino une glace appelée pingouin, fourrée d'un tourbillon de crème de nougat. Elle avait un goût incroyablement sucré peut-être dû aux paillettes multicolores que Schascha avait fait saupoudrer sur le dessus.

La glace aida effectivement. Et lorsque deux gouttes de crème tombèrent sur la chaussure droite de Carl, ce qui lui donna l'air d'avoir des yeux et une expression plutôt stupide, ils rirent tous les deux.

Ce soir-là, Carl expliqua à tous ses clients qu'ils devraient désormais lui passer commande personnellement, de préférence quand il leur rendait visite, ou par téléphone. Il serait presque toujours disponible. Le risque était trop grand, sinon, que Sabine Gruber les persuade de ne plus avoir recours aux services de Carl. Alors, personne ne pourrait plus s'opposer à son licenciement. Plus de clients, plus de Carl.

Schascha n'avait emporté des livres que pour ceux qui n'en avaient pas encore reçu de sa part. Le docteur Faustus eut donc droit au calendrier des *Chiots les plus mignons du monde* et fit de son mieux pour avoir l'air de s'en réjouir. Carl avait pour Mr. Darcy une édition collector d'*Orgueil et préjugés* – et prétendit que c'était de la part de la librairie, en remerciement de ses nombreuses années de fidélité. Mr. Darcy s'en étonna, rappelant qu'on lui avait déjà offert un livre la veille, à l'occasion de l'anniversaire panaméen de Carl ; il ajouta que l'industrie du bois était beaucoup plus fascinante qu'il ne l'aurait soupçonné.

Ce faisant, il regardait en coin Schascha, qui grandit instantanément de trois centimètres.

Bien qu'Effi n'ait rien commandé, ils passèrent chez elle pour s'assurer qu'elle allait bien. Il n'y avait pas de lumière et personne n'ouvrit après leur coup de sonnette. Carl, qui estimait que sa cliente avait besoin d'aide, mit *L'Alchimiste* dans sa boîte aux lettres. Cependant, il n'était pas certain que le conte philosophique de Paulo Coelho suffise.

Alors qu'ils étaient attablés dans la cuisine d'Hercule, Schascha demanda à celui-ci comment il avait trouvé *Werther* (elle avait facilement retenu le nom à cause des bonbons).

— Eh bien, tu vois, il s'agit d'un roman épistolaire dans lequel un jeune peintre, Werther, s'éprend, hélas, de Lotte – hélas, car elle est fiancée à un autre homme.

Schascha se figea, il s'agissait des mots précis que Carl avait utilisés pour en décrire le sujet. Comme si Hercule les avait appris par cœur.

Carl avait choisi pour lui un livre (à la couverture rouge) résumant les plus grandes œuvres de la littérature mondiale. Hercule n'eut pas du tout l'air heureux quand il l'eut déballé, il le fixa avec perplexité. Ce n'est que lorsque Schascha lui expliqua ce que Carl avait en tête qu'un pâle sourire apparut sur le visage d'Hercule.

— Maintenant, vous n'aurez plus besoin que je vous raconte les classiques, précisa Carl. Dans cet ouvrage, de véritables experts s'en chargent.

Le pâle sourire disparut, comme une lampe qu'on éteint.

Schascha comprit. Elle se pencha vers Carl pour lui chuchoter :

— Regarde ses yeux !

Puis elle ouvrit le livre et se tourna vers Hercule, avant de passer le bout de son index sur la table des matières.

— Il y a tous les noms des romans importants. *L'Île de beauté*, par exemple, c'est très connu, vous l'avez lu ?

— Non, pas encore.

— Et celui-ci, peut-être ? demanda-t-elle, tapotant une ligne et laissant sa question en suspens pendant quelques instants. *Les Chèvres de la famille Stein.*

— Celui-là non plus, malheureusement. Mais tu dois continuer à me parler des romans, monsieur Kollhoff ! Je suis sûr que ce livre est super, mais quand toi, tu me racontes les histoires, elles prennent vie.

— Si c'est ce que vous voulez, je serai très heureux de continuer à le faire, bien sûr.

La lampe se ralluma. Hercule voulait connaître précisément l'intrigue de *L'Île de beauté* et des *Chèvres de la famille Stein*, et Carl en parla du mieux qu'il pouvait. Même s'il n'avait lu aucun des deux livres. Parce que ni l'un ni l'autre n'existaient.

De retour dans la rue, Carl respira profondément.

— Il ne sait pas lire.

— Le pauvre.

— Pourquoi la Corse, les chèvres et les Stein ?

— L'année dernière, j'étais en vacances là-bas avec mon père, dans la maison d'hôte des Stein. Ils ont beaucoup de chèvres, vraiment mignonnes. Je n'ai rien trouvé de mieux sur le moment. On peut aider Hercule, s'il te plaît ?

— Il le faut !

— Mais un livre ne servira à rien.

— Non. Et quelle que soit la façon dont on l'aidera, il ne doit pas avoir honte. Il est déjà assez gêné comme ça.

— Avoir honte, c'est débile. Je le sais parce que ça m'arrive souvent.

Ils marchaient maintenant en silence.

L'effet positif de la glace « pingouin » s'estompait. On ne pouvait pas toujours en manger autant qu'il l'aurait fallu.

Pour finir, ils passèrent devant l'immeuble du liseur, pour qui ils n'avaient rien apporté ce jour-là.

— Comment est son livre ? demanda Schascha. Tu vas pouvoir lui inventer une fin heureuse ?

Carl n'en avait pas encore lu une traître ligne.

Il sentit qu'il ne pouvait pas repousser cette lecture plus longtemps.

Carl éloigna son grand fauteuil à oreilles de la porte-fenêtre. Il ne voulait pas voir sa ville, guetter ses clients dans les rues et les ruelles, ou Chien sur les toits et les terrasses. Il y avait trop de douleur et de peur dans son cœur.

Pour accompagner sa lecture, il avait préparé une grande théière de tisane qu'il avait placée sur un petit réchaud alimenté par une bougie chauffe-plat.

Carl classait les lecteurs en lièvres, tortues et poissons. Lui-même était un poisson et dérivait dans les livres, parfois tranquillement, parfois plus vite. Les lièvres étaient des lecteurs rapides, ils parcouraient un roman à toute allure et oubliaient très rapidement ce qu'ils avaient lu quelques pages plus haut. Ils devaient donc revenir sans cesse en arrière pour vérifier. Les tortues lisaient si lentement que des mois s'écoulaient avant qu'elles ne terminent un livre. Elles lisaient une page chaque soir avant de s'endormir. Et le soir suivant, il leur arrivait de relire la même page car elles ne savaient plus où elles s'étaient arrêtées. Chacun de ces animaux pouvait subitement se transformer en un vanneau curieux. Ils bondissaient à la fin du roman, commençaient par lire l'épilogue avant de s'attaquer au reste. Selon Carl, cela revenait à manger le dessert en premier au restaurant. Bien sûr, c'était sucré et délicieux, mais on perdait alors l'envie de le savourer, qui ne naissait vraiment qu'avec les plats bien assaisonnés.

À vrai dire, que l'on soit poisson, lièvre ou tortue, ouvrir un nouveau livre était pour tous un moment particulier. Carl ressentait chaque fois une inquiétude. Le texte serait-il à la hauteur des attentes suscitées par le titre, la couverture et la présentation sur la quatrième ? Les surpasserait-il ? La langue et le style parviendraient-ils à le toucher ?

À peine eut-il lu la première phrase du roman du liseur que Carl perçut son chaud baryton. Il lui semblait que le texte n'était constitué que de mots agréables à prononcer, comme si chaque ligne avait été écrite avec l'oreille – ce qui, pour d'évidentes raisons anatomiques, était une absurdité. Il y avait aussi des mots terribles, mais là encore, le liseur avait choisi ceux dont la sonorité mettait en joie. Carl se mit spontanément à lire à voix haute, ce qu'il ne faisait jamais.

Pas une seule fois il ne tendit la main vers la théière.

En réalité, le livre en contenait deux. Le sourd-muet qui voulait tant apprendre le tango écrivait en secret un roman, l'histoire d'un pilote de montgolfière qui s'était fabriqué un ballon si grand, avec une nacelle si vaste, que tout ce dont il avait besoin pour vivre pouvait y tenir – et qu'il n'aurait plus jamais à poser le pied sur terre.

Ayant rompu avec sa professeure de tango parce qu'elle lui avait menti depuis le début, le sourd-muet permettait au moins à son pilote de trouver le bonheur. Il le laissait atterrir au nom de l'amour de sa vie, avec qui il tissait des liens forts sur la terre ferme des réalités. Peut-être Schascha accepterait-elle ce dénouement à demi heureux.

Carl ne put s'empêcher de sourire en pensant à elle. La petite fille lui manquait, plus encore que ses tournées.

Lorsqu'il termina le manuscrit, Carl se sentit transporté de plaisir mais aussi un brin nostalgique. Même quand un livre merveilleux finit au bon endroit, au bon moment, et que tout ce qui aurait pu y être ajouté n'aurait fait que détruire cette harmonie, on voudrait qu'il compte plus de pages. C'est le paradoxe de la lecture.

Carl dirait au liseur combien son roman l'avait touché, même s'il doutait fortement que son seul avis suffise à lui donner confiance.

Le liseur avait besoin qu'on le persuade de son talent.

Carl eut une idée.

5.

Les mots

Carl s'étonnait que le climat et les saisons, dans les romans, s'accordent souvent à l'état d'esprit des personnages. Les humeurs du vieil homme n'avaient pourtant aucune influence sur le temps qu'il faisait dans sa ville. Il avait beau se sentir très énergique ce jour-là, le ciel avait pris une teinte gris sale, et quelques gouttes tombées des nuages gorgés de pluie avaient frappé son chapeau. Il se contenta de remonter le col de sa veste, sans ouvrir son parapluie, ce que ne justifiait pas encore cette petite pluie sournoise.

Qui correspondait, en revanche, à l'humeur de Schascha.

Elle avait enfoncé sur son front son casque à lunettes d'aviateur. La petite fille était un soleil triste.

— Qu'est-ce qui se passe, Schascha ?

— Abruti de Simon !

On aurait cru entendre un énorme juron.

— Est-ce qu'une glace « pingouin » te ferait plaisir ?

Après tout, Schascha elle-même avait affirmé que cela remontait le moral en toute circonstance.

— Nan ! répondit-elle d'un ton brusque.

— Même deux boules avec des paillettes de sucre dessus ?

— OK, concéda-t-elle sans hésiter. Mais tout de suite, alors.

C'est ainsi que, pour la première fois, Carl modifia le parcours de sa tournée.

Les clients du petit glacier Pino avaient ce jour-là le choix entre de la sauce au chocolat et des paillettes de sucre. Schascha voulut les deux. Carl prit une simple boule, uniquement pour accompagner la fillette.

Les traits de Schascha se détendirent – un visage crispé n'était pas de mise quand on dégustait une glace.

— Qu'a fait ce Simon ?

Schascha lécha la crème glacée qui menaçait de couler sur le cornet.

— Il s'est approché de moi à la récré et il m'a poussée. Juste comme ça. En plein dans les buissons ! J'ai une égratignure. Là ! précisa-t-elle en montrant son bras. Et j'ai saigné !

Schascha savait bien qu'elle ne s'était fait qu'une petite griffure de rien du tout. Et que le geste de Simon ne visait pas à la déséquilibrer : elle était malencontreusement tombée dans le laurier-cerise à cause de son cartable lourdement chargé. D'ailleurs, Simon s'était enfui aussitôt, l'air effrayé et coupable. Mais quand survenait un événement de cette nature, on avait bien le droit d'exagérer un peu le côté dramatique !

— Ça doit faire mal, compatit Carl.

— Tu l'as dit !

— Tu veux que je souffle dessus ?

— Pfff ! Comme si ça pouvait aider ! C'est une *vraie* blessure !

Les effets curatifs du bisou magique semblaient s'être évaporés avec le père Noël et les cloches de Pâques.

— Je pense que ton Simon est amoureux de toi.

— Parce qu'il me pousse, ce débile ? demanda Schascha qui se mit à lécher avidement sa glace pour manifester son mécontentement.

— Oui, les garçons agissent comme ça. Ils ne savent pas encore aborder les filles, à cet âge-là.

— Mais les pousser, ça ils savent !

— Exactement. Il y a même un terme technique pour ça : le contact négatif. C'est scientifiquement prouvé.

— Simon est quand même débile ! s'exclama Schascha avant de croquer dans son cornet.

Carl en conclut que, pour les filles de l'âge de Schascha, « garçon » et « débile » étaient synonymes.

— Tous les garçons le sont, confirma-t-il donc. Jusqu'à ce qu'ils deviennent des hommes.

Même si certains jouaient de malchance et devenaient des hommes débiles.

— Tu veux qu'on aille pousser Simon ? suggéra-t-il.

Schascha le regarda, hébétée, puis elle éclata de rire, et des miettes de cornet jaillirent de sa bouche. Il lui fallut un moment pour reprendre son souffle.

— Nan, je suis pas aussi débile que lui. Je veux faire les livraisons maintenant !

Durant tout le trajet jusque chez sœur Amaryllis, Schascha pesta contre Simon. Elle trouvait de plus en plus de raisons de s'énerver. Simon avait dessiné un stupide smiley sur sa trousse, il avait caché son cartable (à côté du sien !) et, au cours de sport, il l'avait choisie en premier dans son équipe alors qu'elle était nulle à la balle au prisonnier. Il lui en voulait vraiment ! Qu'avait-elle bien pu lui faire ? À la maternelle pourtant, ils avaient toujours joué très gentiment au papa et à la maman : l'enfant était soit un lion en peluche, soit sa poupée Annette aux oreilles en feuille de chou.

La nonne avait de nouveau commandé un thriller dont les pages dégoulinaient de sang. En cadeau, Carl lui avait apporté un guide juridique sur le droit au logement. Peut-être y trouverait-elle un article qui lui permette de rester au couvent en toute légalité. Au cas où, Carl avait aussi pour elle de la farine et des bougies.

Ce fut ensuite le tour de Mme Brindacier, qui leur répondit derrière la porte juste après le coup de sonnette.

— Vous voilà ! Une minute !

Elle disparut un bref instant. À son retour, elle avait un peu discipliné ses cheveux ébouriffés et brandissait fièrement *Trouve l'erreur !*

— Je les ai toutes trouvées ! s'exclama-t-elle, ouvrant le livre pour montrer les endroits entourés à l'encre rouge. J'en ai même vu d'autres dans les consignes et les petits textes d'accompagnement. J'ai peut-être droit à des points supplémentaires pour ça.

Elle sourit.

— Merci encore. Je ne me suis pas autant amusée depuis longtemps. Vous savez, mes élèves me manquent énormément. Surtout les mauvais, c'est à eux que je pouvais apprendre le plus.

Une idée avait germé dans l'esprit de Carl et attendait depuis un certain temps de faire son entrée. Elle venait maintenant de franchir le rideau. Il se tourna vers Schascha.

— Tu accepterais de me faire une faveur ?

— Bien sûr.

— Sans avoir de glace en échange ?

— J'en ai déjà mangé une. Mais je pourrais en reprendre… rien que pour te faire une faveur !

— File chez Hercule. S'il est là, fais en sorte qu'il y reste. Trouve un moyen pour l'empêcher d'aller à la salle de musculation ou faire des courses. Reviens aussitôt me tenir au courant. Dépêche-toi !

Schascha hocha la tête et partit au pas de course, de sorte qu'elle n'entendit pas Mme Brindacier annoncer la faute de frappe du jour qu'elle avait repérée. Cela faisait du bien de courir pour quelque chose d'important, ses pieds devenaient rapides et légers, son cœur pompait le sang plus vite, et surtout elle pouvait crier : « Dégagez ! » pour une bonne raison. Malheureusement, l'immeuble d'Hercule n'était pas loin. Sans réfléchir, Schascha sonna.

— Oui ? Qui est là ? demanda Hercule dans l'interphone.

— Schascha, qui accompagne le passeur de livres, enfin M. Kollhoff.

— Mais je n'ai rien commandé.

— Tu es là, donc ? Et tu ne bouges pas ?

— Mmmh, non, pourquoi ?

— Pas de salle de musculation ou de courses à faire ?

— Schascha, qu'est-ce que c'est que ces drôles de questions ?

— Réponds juste « oui » ou « non ». « Oui », de préférence !

— Je ne vais plus nulle part aujourd'hui.

— Super. Merci, Hercule !

— Hercule ?

Mais Schascha était déjà repartie. Lorsqu'elle fut de retour chez Mme Brindacier, celle-ci enfilait un manteau. Son bras rata plusieurs fois la manche. Elle semblait très nerveuse.

– C'est à côté, assura Carl d'un ton encourageant après avoir passé en revue tous les détails avec elle. Si ça marche, je suis sûr qu'il reviendra vous voir, après.

Il ouvrit son parapluie.

– Vous pourriez avoir besoin de ça, non ?

Mme Brindacier leva les yeux vers le ciel qui s'étendait à l'infini. Cela lui donnait le vertige, mais la main de Carl se posa sur son bras pour la soutenir. Elle n'était pas sortie depuis si longtemps qu'elle avait l'impression d'être un bambin tentant de faire ses premiers pas. Quand avait-elle quitté sa maison pour la dernière fois ? Elle n'avait pas prévu d'éviter l'extérieur pour toujours, mais les jours s'étaient transformés en semaines, puis en mois, puis en années. Et plus le temps passait, plus sa peur grandissait. Comment aurait-elle pu s'éloigner de sa retraite, dont les murs et le toit la protégeaient du monde ?

Mais il y avait maintenant en jeu la réussite d'un nouvel élève. Carl Kollhoff lui avait fait comprendre qu'elle était sa seule chance.

Aucune autre meilleure raison de sortir ne se présenterait plus dans sa vie.

Le tremblement de ses genoux s'estompa, sans disparaître tout à fait. La poigne ferme de Carl lui donnait une certaine assurance, et la petite fille qui sautillait devant elle l'aidait à dominer sa peur.

Bientôt, un chat les rejoignit en émettant un bruit proche de l'aboiement. Elle avait dû mal entendre.

Schascha sonna chez Hercule.

— Oui ? Qui est là ? demanda celui-ci.

— Encore Schascha. Mais cette fois M. Kollhoff est avec moi.

— Je n'ai toujours pas commandé de livre ! dit Hercule en riant.

— Nous venons pour autre chose, précisa Carl en se penchant vers l'interphone. Je voudrais vous demander un service.

— Montez, je vous ouvre.

Lorsqu'ils arrivèrent à son étage, Hercule les accueillit dans la cage d'escalier.

— Merci de nous accorder un peu de temps, déclara Carl.

— J'en aurai toujours pour toi, monsieur Kollhoff.

— Voici Mme Br…

Malédiction ! Carl l'appelait Mme Brindacier depuis si longtemps qu'il avait complètement oublié son vrai nom, qui figurait pourtant à côté de sa sonnette.

— Je suis Dorothea Hillesheim, enchantée, dit la vieille dame. Quelques amis m'appellent aussi Mme Brindacier.

Elle jeta un coup d'œil à Carl, qui jeta un coup d'œil à Schascha, qui jeta un coup d'œil par terre, où elle l'abandonna.

Ils suivirent Hercule dans la cuisine.

— Alors, comment puis-je vous aider ? demanda celui-ci après leur avoir offert à boire.

— Je suis enseignante à l'école primaire, commença Mme Brindacier.

Hercule fronça les sourcils comme un boxeur qui s'attend à un coup violent.

— Un de mes élèves ne sait ni lire ni écrire, il est analphabète.

— Je ne vois pas très bien en quoi je pourrais vous être utile, fit Hercule après s'être éclairci la gorge. Je travaille dans un dépôt de matériaux de construction.

— Le problème, c'est que ce garçon ne me respecte pas. J'ai mis au point une excellente méthode pour qu'il apprenne à lire et à écrire, mais je suis une vieille femme. Jeune de cœur, bien sûr, seulement il ne me trouve pas… cool. J'ai besoin de quelqu'un de cool qu'il respecte. C'est un fan absolu d'un héros de film d'action, un personnage vert, avec des muscles gros comme des montagnes, il l'idolâtre. J'ai exposé mon problème à M. Kollhoff, qui a eu l'idée de vous demander de m'aider.

— Mmmh, c'est…

— Si vous acceptez, je commencerai par vous enseigner ma méthode pour que vous puissiez la lui transmettre. Je ne vais pas vous jeter dans le grand bain sans préparation ! C'est un peu fastidieux, je ne vais pas vous mentir. J'ai développé des moyens mnémotechniques spéciaux pour toutes les lettres de l'alphabet, nous devrons les passer en revue l'une après l'autre.

Mme Brindacier regarda Hercule, qui se pétrissait les jointures des doigts.

— Je comprendrais tout à fait que vous refusiez, poursuivit-elle. Après tout, ma demande peut paraître surprenante, et j'imagine que vous avez assez à faire par ailleurs. Mais je pense à cet élève, voyez-vous ? Je l'apprécie beaucoup, c'est vraiment un bon garçon. Seulement, personne ne lui a jamais appris correctement à lire et à écrire, et je ne veux pas que ça lui gâche la vie.

Mme Brindacier but une gorgée d'Earl Grey, espérant ne pas en avoir trop fait au cours de son exposé.

— Tu pourrais demander qu'on te couse un costume de super-héros sur mesure, commenta Schascha. Tu deviendrais Capitaine Alphabet ou ABC Man. Moi, en tout cas, je voudrais apprendre avec toi !

Hercule prit une profonde inspiration.

— Je vais vous dire… C'est une idée géniale ! Quel genre de salaud je serais si je refusais ?

Il tendit sa grosse patte.

— J'en suis ! Mais je réclamerai beaucoup de précisions pour être sûr de tout bien comprendre. Quand je me lance dans quelque chose, je le fais à cent pour cent. Donnez-moi les leçons comme si j'étais ce garçon. Aider les enfants à apprendre l'alphabet, je trouve ça top !

Carl dut lutter contre un large sourire. Schascha s'épargna ce combat, et Mme Brindacier serra la main d'Hercule, fermement, comme s'il s'agissait d'un exercice de fitness.

Le passeur de livres se pencha vers Schascha.

— Demain matin, j'aurai encore besoin de ton aide, murmura-t-il. Tu peux demander à ton père l'autorisation de venir ?

— Bien sûr que j'y suis autorisée. Il part de la maison avant moi de toute façon, ça ne le dérange pas.

— Tu arriveras peut-être un peu en retard à l'école, mais on ne peut pas faire autrement.

— Demain, on a sport les deux premières heures, Simon va passer son temps à me pousser, alors…

— Si tu veux devenir athlète professionnelle, il vaudrait mieux ne pas manquer le cours d'éducation physique. Notre visite ne durera pas longtemps.

— J'ai pas l'intention de devenir athlète.

Hercule alla chercher de l'eau-de-vie pour trinquer avec Mme Brindacier à leur projet commun ; tous deux ne cessaient de parler.

Carl se pencha de nouveau vers Schascha.

— Qu'est-ce que tu veux faire quand tu seras grande, au fait ?

— Chais pas.

— Moi, je voulais devenir maire.

— C'est pas pour moi, je ne suis pas une bonne organisatrice. L'année dernière, on a fait une vente de charité pour les animaux abandonnés, tout le monde devait tenir un stand. Moi, c'était celui qui vendait de la limonade, que je préparais avec de vrais citrons ! Et il y avait une table, une nappe en plastique, tout plein de verres, des citrons, bien sûr, et d'autres choses encore. J'ai été la seule à ne rien vendre, et tout le monde s'est moqué de moi. Je n'organiserai plus jamais rien ! Plus jamais de la vie !

— Pourtant tu t'es chargée de trouver des livres pour mes clients.

— Juste *un* livre pour chacun. Et je les ai tous trouvés chez le libraire d'occasion. Ce n'était pas un vrai travail d'organisation. Je veux un métier où les autres organisent. Je veux être une employée. Comme toi.

— Et tu serais employée où ?

— On s'en fiche, tant que je suis employée. Mais dans un endroit sans citrons.

Carl fut tiré de son sommeil une bonne demi-heure avant que son réveil sonne. Il regarda deux fois le cadran, car cela ne lui était pas arrivé depuis des lustres. Plutôt que de se retourner dans son lit, il en sauta d'un bond – toutes proportions gardées – et se prépara pour cette journée spéciale. Avant tout, il devait apprivoiser sa nervosité.

La veille, il avait téléphoné à la manufacture de cigares Torcedor, rue Bechtel, en se faisant passer pour le rédacteur en chef du quotidien de la ville, à la recherche de renseignements sur le liseur. Avant de trouver le courage d'appeler, il avait bu une demi-bouteille de sylvaner de Franconie. L'alcool avait rendu son élocution un peu hésitante, ce qui n'avait pas eu l'air d'offusquer son interlocutrice, la propriétaire de la manufacture. Carl lui avait demandé à quelle heure la fabrique ouvrait et quand le liseur arrivait, si celui-ci apportait ses livres chaque matin ou s'il les laissait sur place. Il s'était entendu répondre que le livre en cours de lecture restait toujours sur le pupitre du liseur. Les employés commençaient à 8 heures, le liseur une demi-heure plus tard.

Un timing parfait.

Carl examina son petit déjeuner. Il avait l'impression que quelque chose avait changé. Pourtant, il avait étalé la même quantité de beurre sur le pain de campagne qu'il avait toujours acheté, garni de gouda mi-vieux comme à l'ordinaire. Mais sa tartine avait réellement un goût de fromage, de beurre et de pain, comme s'il savourait vraiment ces ingrédients pour la première fois. Il osa même s'en préparer une seconde, tant pis si cela frisait presque la gloutonnerie. Quant à son café, un mélange de grains « doux et subtil » auquel il restait fidèle, Carl ne se souvenait pas qu'il ait jamais eu des arômes si riches.

Alors qu'il ôtait son manteau de la patère, ses yeux tombèrent sur la pile de livres posée sur la commode de l'entrée. Il devait rapporter à la bibliothèque tous ces romans pour enfants dans lesquels il avait cherché Schascha, en vain. Elle voulait tellement qu'il lui trouve un nom ! Mais aucune héroïne ne lui ressemblait. Peut-être la connaissait-il trop bien pour cela désormais. Un nom tiré d'un livre tenait lieu de corset, qu'une personnalité épanouie, révélant de multiples facettes, faisait éclater. Et l'on ne pouvait pas remettre un papillon dans son cocon. Carl se promettait de continuer à chercher dans d'autres ouvrages.

En posant le pied sur le trottoir devant son immeuble, Carl ne put s'empêcher de penser à Mme Brindacier. La veille, elle avait fait son retour dans un monde qui, entre-temps, lui était devenu étranger – il ressentait la même chose qu'elle à présent. C'était sa ville, il connaissait tous les pavés de son centre de deux kilomètres carrés. En même temps, ce matin-là, la ville lui apparaissait comme une variante d'elle-même. Certes, Carl n'y descendait jamais avant 9 heures du matin, et ne s'y attardait jamais après 21 heures. Il ignorait ce qui s'y passait dans l'intervalle, ne connaissait pas les gens qui parcouraient alors ses rues, ni les bruits de ces heures-là.

Il découvrait sa ville d'un œil nouveau.

À deux cents mètres de la manufacture de cigares, il s'arrêta.

Le boulevard extérieur à quatre voies, très fréquenté, marquait la limite de son univers. Il regarda de l'autre côté de la frontière invisible, en direction de la manufacture.

Schascha se trouvait devant. Elle lui faisait signe, comme si, à chaque mouvement de la main, elle tirait sur une corde pour le ramener vers elle. Finalement, après trois passages des feux au vert, il pressa sur le bouton du passage piéton et traversa le mur invisible pour rejoindre la fabrique.

Carl quittait sa petite île éloignée du continent.

Schascha, agitée, se balançait d'un pied sur l'autre.

— Tu m'expliques pourquoi on est ici ?

— Tu es la clé pour que nous puissions entrer, déclara Carl.

— Qu'est-ce que ça veut dire ?

— À partir de maintenant, tu es la nièce du liseur, et tu veux lui faire une surprise.

— Et pourquoi tu ne serais pas son oncle ?

— Parce qu'on ne peut rien refuser à une petite fille aussi mignonne que toi. Mais à un drôle de vieux bonhomme, si.

— Je ne suis pas petite !

Avant de poursuivre, Carl regarda autour de lui pour s'assurer que personne n'écoutait. Il vérifia même qu'aucune fenêtre de la manufacture n'était ouverte ou entrebâillée.

— Tu vas dire que ton oncle a écrit un livre pour les employés de la fabrique, mais qu'il n'ose pas le leur lire. Que ce serait pourtant génial. D'ailleurs, c'est la vérité, en grande partie. Ta mission consiste à poser le manuscrit sur son pupitre, à la place du livre qui s'y trouve. Comme ça, il n'aura plus d'autre choix que de lire son roman aux rouleurs de cigares.

— La vérité, tu dis ? Tu oublies la partie qui est un mensonge !

— Parfois, j'aimerais que tu sois plus influençable.

— Je vais le faire. Mais à ma façon.

— Oh, je ne sais pas si...

— Je vais raconter que dans ma famille on fête la journée des oncles et qu'à cette occasion on leur réserve toujours une surprise.

— C'est... encore mieux, en effet.

Pour Schascha aussi, c'était un changement d'univers. Elle n'avait jamais entendu parler d'endroits comme celui-ci. Dans l'entrée, à côté de fauteuils à oreilles en tissu brun, on remarquait des humidificateurs de différentes tailles, aussi ouvragés que s'ils renfermaient de précieux bijoux. Mais on n'y découvrait que ces saucisses marron peu appétissantes. Des vitrines abritaient coupe-cigares et briquets étincelants. L'espace, où flottaient des odeurs de terre et d'épices, était faiblement éclairé, la lumière filtrait à travers des stores à fines lamelles. On entendait des morceaux de musique dans une langue étrangère. Tout à son étonnement, Schascha s'était arrêtée, Carl la poussa en avant avec douceur.

Une femme, cheveux foncés et peau chocolat au lait, vint les accueillir. Ses mots semblaient redoubler tous les *r*. Elle s'appelait Mercedes Riemenschneider, elle était germano-cubaine et dirigeait la manufacture. Torcedor était autant son rêve que son cauchemar. En effet, notre époque prônait un mode de vie sain, au détriment de certains plaisirs grisants. Or, pour Mercedes Riemenschneider, la volupté l'emportait sur les préconisations hygiénistes. Elle voulait d'ailleurs le montrer, estimant que les robes moulantes et largement décolletées ne sauraient être réservées aux femmes sveltes.

Schascha lui débita son histoire, fixant les lattes du plancher sans réussir à regarder en face la propriétaire des lieux. Lorsqu'elle eut terminé, Mercedes Riemenschneider passa une main dans ses cheveux sombres.

— Quelle belle idée ! Suis-moi !

Mais au bout de quelques pas, elle se retourna.

— Tu ne devrais pas être à l'école ?

— Aujourd'hui, on n'a pas cours les deux premières heures parce que Mme Brückner est absente. Je crois bien qu'elle est enceinte.

Les détails, Schascha le savait, rendaient le mensonge crédible.

Mercedes Riemenschneider écarta un lourd rideau bordeaux et Schascha découvrit une salle contenant une vingtaine de tables, derrière lesquelles étaient assis des femmes et des hommes qui la regardèrent amicalement. Devant chacun se trouvait une planche en bois sur laquelle rouler les cigares, ainsi qu'une boîte en carton contenant des feuilles de tabac. Il y avait aussi des hachoirs, de petits ciseaux, des plateaux rainurés où déposer les cigares terminés et quelques autres outils. Mais ces outils étaient de peu d'importance comparés aux mains des rouleurs, douces et agiles. Le roulage d'un cigare exigeait une grande dextérité et le sens des proportions pour que la fumée puisse ensuite se frayer un chemin à travers les feuilles de tabac.

Au fond de la salle se dressait le pupitre où reposait le livre du liseur. Schascha s'y dirigea furtivement, s'empara de *Robinson Crusoé*, qu'elle rangea dans son sac à dos, pour le remplacer par le manuscrit qui attendait son public.

— Allez, on repart, dit Carl lorsque la petite fille revint à ses côtés.

— Mais je veux attendre qu'il commence la lecture !

— Non, tu dois maintenant aller à l'école.

Mercedes Riemenschneider s'approcha de Carl.

— Je croyais que cette enfant n'avait pas cours les deux premières heures ?

Carl sourit, les lèvres pincées.

— Oui, mais d'ici à son école, il y a une bonne trotte. Et je ne marche plus aussi vite qu'avant.

La propriétaire de la manufacture posa les mains sur les épaules de Schascha.

— Faites donc cette joie à votre petite-fille... Il devrait arriver d'un instant à l'autre. Vous devriez vous cacher près de la sortie de derrière, sinon il va vous voir.

Alors qu'ils étaient tapis dans l'ombre, à l'abri des regards, le liseur entra et serra la main de toutes les personnes présentes dans la salle, sans prononcer un mot. Il était habillé trop chaudement pour la saison et portait son éternelle écharpe rouge autour du cou. Comme pour signaler aux germes microbiens que toute tentative d'infection était vouée à l'échec.

— Il se dirige vers le pupitre, chuchota Schascha, en proie à une tension difficilement supportable.

— Chut ! fit Carl, qui éprouvait la même chose mais refusait de le montrer.

Le liseur se figea en apercevant le manuscrit. Il balaya la salle du regard, cherchant Carl, la seule personne à qui il l'ait confié. Ne le voyant nulle part, il se pencha sur le petit meuble, souleva le manuscrit et regarda en dessous, examina le sol tout autour, sans comprendre où pouvait être *Robinson Crusoé*.

La propriétaire de la manufacture s'approcha de lui.

— Tout va bien ?

— Mon livre a disparu. Quelqu'un l'a pris ?

Il répéta sa question aux employés :

– Est-ce que quelqu'un a pris mon livre ?

Tous les regards se tournèrent vers Mercedes Riemenschneider, qui secoua imperceptiblement la tête.

– Mais il y a bien quelque chose sur votre pupitre, ce n'est pas à vous ?

– Non, enfin si, mais...

– Alors vous n'avez qu'à le lire. Tout le monde attend. De toute façon, vous avez une si belle voix que vous pourriez lire l'annuaire téléphonique et on vous écouterait avec la même fascination.

Elle avait un faible pour le liseur, et plus encore pour sa voix. Elle aurait aimé le ramener chez elle tous les soirs, après le travail, pour qu'il lui fasse la lecture encore et encore. Elle s'imaginait secrètement cette voix chaude et profonde lui lisant de la littérature érotique à la lumière des bougies, tandis qu'elle savourerait un grand verre de vin rouge.

Mercedes Riemenschneider posa sa main sur celle du liseur pour l'encourager. Elle-même désirait l'entendre lire ce roman. Et tant pis s'il était dépourvu de passages érotiques mettant en scène une femme ardente, d'origine cubaine.

– Mais ce n'est pas...

– Lisez, s'il vous plaît. Pour moi.

Le liseur la regardait, cherchant du secours. Il aurait nettement préféré lire l'annuaire téléphonique, voire les étiquettes sur les paquets de cigares, quitte à tenter de déchiffrer à haute voix celles traduites en hongrois. Mais elle ignora son appel à l'aide et se dirigea vers un bureau en balançant les hanches d'une manière encore plus suggestive que d'habitude.

Le liseur caressa prudemment la page de titre, comme s'il devait d'abord réveiller en douceur son manuscrit.

– *Le Tango silencieux*, commença-t-il. De...

Alors qu'il savait à la perfection moduler les syllabes depuis son stage d'élocution, personne ne comprit le bredouillement qui suivit. Sa voix n'était plus qu'un filet, tissé de quelques brins de laine. Il lut les premières phrases à tâtons, testant la solidité de chaque mot.

Carl et Schascha retenaient leur souffle, conscients d'avoir mis cet homme sympathique dans une situation des plus désagréables.

Mais à chaque mot franchissant ses lèvres sans trébucher, à chaque phrase prononcée sans que personne bâille ou rie à mauvais escient, le liseur gagnait en confiance – et de cette confiance naissait la joie de lire son texte, ses propres lignes.

À présent, le liseur rayonnait.

Et Mercedes Riemenschneider rayonnait, qui l'écoutait dans son bureau.

Les employés, eux, avaient cessé leur activité, tout ouïe. Ils sentaient qu'il se passait quelque chose de spécial : une première mondiale avait lieu dans la manufacture de cigares Torcedor.

Un homme avait trouvé sa voix.

– Je te dois une faveur, glissa Carl à Schascha. Ce que tu voudras. Tu viens de sauver la vie à un écrivain.

Ils partirent discrètement, pour ne pas arracher le liseur à son bonheur. Ce bonheur était contagieux, il affluait également dans le corps de Carl, en quantité telle que le passeur de livres s'étonnait que son vieil organisme puisse encore le tolérer. Sur la place de la Cathédrale, Schascha et lui se dirent au revoir chaleureusement, et la petite fille se hâta de rejoindre son école. Pour fêter cette journée, Carl s'offrit un sylvaner, un excellent cru de la cave Würzburger Stein – et il en but une gorgée dès l'après-midi. Il se plongea dans son roman préféré, *La Reine des lectrices*, d'Alan Bennett. Un petit livre d'un grand auteur, dont Carl ne s'autorisait à lire les pages qu'une fois par an et qu'il attendait chaque fois avec impatience, comme les gourmets les premières truffes.

Cette journée avait été l'une des meilleures dans la vie de Carl. Cependant, il arrive que la vie ne vous permette pas de jouir durablement du bonheur, comme si elle veillait à ce que vous ne vous enivriez pas de trop de joie.

Ce soir-là, à la librairie La Porte de la ville, Sabine Gruber convoqua Carl dans son bureau. Il s'assit, elle resta debout.

– Il faut que je vous raconte une chose merveilleuse, lança-t-il, désireux de partager son expérience de la matinée.

Cela ferait certainement plaisir à Sabine de savoir que sa librairie pouvait être à l'origine de grands moments de bonheur…

Mais elle n'accorda pas le moindre intérêt à ces propos.

— Avant que vous l'appreniez par quelqu'un d'autre, je voudrais que vous sachiez que les funérailles se tiendront dans la plus stricte intimité. À savoir la famille la plus proche. Père l'aurait voulu ainsi. Vous attendrez que l'inhumation officielle soit terminée pour témoigner votre douleur sur sa tombe. Ni fleurs ni couronnes.

— Mais toute la ville aurait sûrement souhaité être présente au cimetière pour dire adieu à Gustav ! s'exclama Carl qui ne tenait pas en place sur sa chaise. Et il aimait ses clients.

— C'était sa volonté.

— Je n'y crois pas ! laissa échapper Carl.

— M'accuseriez-vous de mentir ?

— Non, fit Carl en secouant la tête. Je pense seulement que vous l'avez mal compris.

— Votre ton portait une accusation. Je mets un terme à cette discussion, monsieur Kollhoff. Et je vous invite à reconsidérer très sérieusement les reproches que vous me faites.

Sabine Gruber le planta là. Carl se sentait plus seul que jamais dans cette librairie, où Gustav lui avait accordé sa confiance des années plus tôt.

La soirée lui réservait une plus grande solitude encore. Carl attendit longtemps Schascha sur la place de la Cathédrale, très animée, où elle le surprenait d'habitude. Il fit le tour de la place à sa recherche, l'appelant même par son prénom. Mais il dut se résoudre à faire sa ronde seul. Il passa devant des maisons et des immeubles où aucun nouveau livre n'entrerait ce jour-là. Peut-être Schascha le guettait-elle chez Mr. Darcy, chez Effi ou chez le liseur. Carl jeta même un coup d'œil dans la ruelle sombre qui l'avait toujours tant effrayé. Mais Schascha ne se trouvait nulle part. Chien ne se présenta pas non plus, cela en disait long sur son attachement, Carl ne lui ayant pas donné de friandise la dernière fois.

Lorsque Carl retourna sur la place de la Cathédrale, Schascha n'y était toujours pas.

Certaines personnes ne peuvent rien avaler quand elles sont tristes. Carl ne put rien lire. Le lendemain, il mangea par automatisme, mais ne réussit pas à lire de cette façon. Il eut beau essayer encore et encore, pour tenter de guider ses pensées dans un autre monde, celles-ci persistaient à s'accrocher au lieu et à l'instant présents. Carl ne se rappelait pas avoir vécu un jour sans lecture depuis qu'il avait appris à reconnaître les mots dans l'enchaînement des lettres. La lecture était une activité requérant une volonté que l'on ne pouvait forcer.

Le soir, il vit à travers la vitrine de la librairie Sabine Gruber parlant avec un homme en bleu de travail qui gesticulait dans tous les sens. Elle essayait de le calmer, mais sans succès ; au contraire, l'homme se mit bientôt à crier, au point que les vitres tremblèrent. Des réactions aussi violentes étaient rares chez les libraires. Il pouvait bien s'en passer des centaines, des milliers peut-être, dans les livres rangés sur les rayonnages, ce n'était en revanche pas le cas dans les allées des librairies.

En sortant, l'homme voulut claquer la porte, mais elle ne se laissa pas faire et se referma doucement, comme toujours.

Secouant la tête, Carl entra. Le tintement de la clochette n'avait pas encore cessé que Sabine Gruber lui demandait de la suivre dans son bureau. Elle lui tournait le dos, refusant de le regarder dans les yeux.

Carl n'eut pas le temps de s'asseoir, ni même de prendre une seule inspiration. Dès qu'ils furent seuls, Sabine Gruber lança une courte phrase – trois mots, cinq syllabes –, dont les retombées dépassaient celles d'un long roman.

— Vous êtes licencié, annonça-t-elle d'une voix tremblante de colère.

— Quoi ? Pourquoi ?

— Je n'ai pas à le justifier, déclara-t-elle derrière son bureau, comme retranchée derrière un rempart.

— À partir de quand ? réussit à énoncer Carl.

Il s'y attendait et le craignait. Mais pas si tôt. Toute cette situation lui paraissait irréelle.

— Dès maintenant. Je vais appeler vos clients pour les en informer.

Après toutes ces années, il était donc censé disparaître sans un mot. Comme un livre qui s'achève au milieu d'une phrase. Il n'en était pas question.

— S'il vous plaît, laissez-moi m'en charger personnellement aujourd'hui !

Et comme Sabine Gruber ne répondait rien, il ajouta :

— Je ne ferai pas d'histoires. Je dirai à mes collègues que je soutiens cette décision. Si vous préférez, je dirai que j'ai démissionné.

Gardant le silence, elle hocha la tête et lui montra la porte.

C'était la fin du libraire Carl Kollhoff.

Savoir qu'on exécute des gestes, même les plus simples, pour la dernière fois leur confère un caractère particulier. Carl n'avait jamais plié avec autant de précision les bords du papier kraft. Il avait gardé le livre destiné à Effi pour la fin. Il était si léger, quelques centaines de grammes à peine, alors qu'une vie entière s'y logeait. Carl l'emballa avec d'infinies précautions, comme on emmailloterait un enfant.

Il eut le souffle coupé en plaçant l'ouvrage dans son sac à dos. Quel vieil homme stupide il était… S'il se doutait que son travail à la librairie prendrait fin un jour, il avait malgré tout espéré que cela n'arriverait jamais. De même, il savait qu'il allait mourir un jour, mais ne pouvait pas se le représenter. Pourtant, il avait eu des décennies pour s'habituer à l'idée. Certaines choses prenaient sans doute un peu plus de temps. Il aurait fallu des millénaires, peut-être.

Carl regarda autour de lui dans l'arrière-boutique sans fenêtre. Des catalogues d'éditeurs empilés, des livres mis au rebut en attendant d'être retournés, du matériel publicitaire vantant des parutions dépassées depuis longtemps, tout un bric-à-brac stocké dans des casiers ou des cartons. Cette pièce lui avait toujours semblé être une grotte chaleureuse et sûre. Il s'en imprégna encore une fois, avant de s'en aller.

Schascha n'était pas sur la place de la Cathédrale. Mais ce soir-là, il ne l'y chercha pas. C'était mieux qu'elle ne l'accompagne pas : sa présence aurait rendu la situation plus difficile encore. La petite fille n'aurait pas permis à Carl de réprimer sa tristesse comme on repousse un importun. Lui voulait que cette dernière tournée soit tout à fait ordinaire, dénuée de mélancolie – son sac à dos n'était-il pas rempli de livres ? Qu'elle ressemble à toutes les autres – le train-train quotidien, doux et apaisant. Carl ne marchait pas plus vite ou plus lentement que d'habitude, et il appuya sans hésiter sur la sonnette de Mr. Darcy, le premier client de sa dernière tournée. Il s'en réjouissait, car Mr. Darcy, à l'image du gentleman anglais que le passeur de livres voyait en lui, prendrait leurs adieux de manière posée.

Sans qu'il s'en rende compte, des larmes s'échappaient de ses yeux.

Sous le microscope, les larmes dites émotionnelles se distinguent de celles qui coulent par réflexe physiologique – par vent fort ou quand on coupe des oignons – et qui empêchent les yeux de se dessécher ou les substances irritantes d'y pénétrer. En l'état actuel de nos connaissances, les pleurs n'existent pas dans le règne animal, il s'agit d'un phénomène typiquement humain. Peu importe d'où l'on vient, peu importe la langue que l'on parle, tous les êtres humains pleurent. À en juger ainsi, Carl, qui avait jusque-là oublié comment pleurer, n'avait plus été humain depuis de nombreuses années.

— Monsieur Kollhoff, tout va bien ? Vous pleurez, fit remarquer Mr. Darcy en ouvrant la lourde porte.

— Vraiment ? dit Carl, essuyant ses larmes puis regardant avec étonnement ses doigts mouillés.

— Vous avez quelque chose dans l'œil ?

Mr. Darcy espérait que Carl répondrait par l'affirmative, car il n'était pas doué pour les conversations réconfortantes.

— Un problème de glandes lacrymales, prétexta Carl pour couper court à ces questions.

Il sortit sans tarder le livre de Mr. Darcy de son sac à dos et le lui remit en tremblant.

— Emballé avec grand soin, dites-moi, approuva ce dernier.

— J'y tenais.

— Vos visites me permettent toujours de conclure une journée en beauté ! Puis, quand j'ouvre le livre que vous m'avez apporté, j'ai l'impression de faire connaissance avec un nouvel ami, confia Darcy. En parlant d'amis, Schascha ne vous accompagne pas aujourd'hui ? L'aurais-je tellement ennuyée la dernière fois avec mon horloge florale qu'elle ne veut pas revenir ?

Carl fit à nouveau diversion.

— Comment avez-vous trouvé *Orgueil et préjugés* ?

— Exceptionnel ! Je l'ai lu trois fois de suite, j'étais vraiment absorbé par ce livre. Savez-vous pourquoi ?

— Parce qu'il est très bien écrit, je suppose.

— Certes. Mais surtout, je me suis retrouvé dans un des personnages.

— Ah oui ?

— Oui, Charles Bingley. Bien sûr, je suis plus âgé, mais nous sommes fort semblables à de multiples égards. Vous le saviez quand vous avez choisi ce roman pour moi, n'est-ce pas ?

Carl eut un sourire las, avant de répondre :

— Ce qu'on sait et ce qu'on croit savoir sont parfois deux choses différentes.

— Voulez-vous entrer un moment ? Nous pourrions parler du livre, proposa Mr. Darcy en ouvrant grand la porte.

— Je n'ai pas le temps malheureusement, je dois encore rendre visite à de nombreux clients aujourd'hui. Mais une autre fois, avec plaisir.

Et Carl songea : *à condition que vous acceptiez de recevoir un ancien libraire, qui n'aura plus le prétexte de vous apporter des livres.*

— J'ai quelque chose à vous dire, fit-il, respirant péniblement. À l'avenir…

— Oui ?

La bouche de Carl était sèche. Son cœur était sec. Son univers aussi.

— Voudriez-vous un whisky ?

— À l'avenir…, reprit Carl, fermant les yeux pour mieux sauter. À l'avenir…

Sa gorge se bloqua, ses cordes vocales se raidirent, tout son corps se refusait à parler, à dire la vérité.

Il abandonna. Et se réfugia dans un mensonge.

— À l'avenir, sûrement… J'essaierai de trouver du temps. Au fond, qui sait combien de temps il nous reste ?

— Seriez-vous malade, monsieur Kollhoff ?

Carl le regarda longuement.

— La seule maladie dont je souffre, c'est ce qu'on appelle l'âge. Je dois y aller. Prenez soin de vous !

Mr. Darcy posa une main sur son épaule. Il n'avait jamais fait cela auparavant.

– Vous aussi, monsieur Kollhoff. Je vous le dis de tout cœur.

Il sentait que quelque chose accablait Carl, sans savoir quoi. Mr. Darcy était lui-même un homme pudique, qui n'aimait pas qu'on le presse de se confier, aussi laissa-t-il Carl garder le silence. Il se borna à lui remettre la commande suivante, notée sur un bout de papier.

Carl s'en alla, la tête légèrement baissée, comme si un gros corbeau était posé dessus.

– Quel homme faible je suis, déclara-t-il à l'intention de Schascha qui n'était pas là. Comme si je pouvais cacher ce que je ressens ! La vérité est un fin limier, elle me retrouvera.

Au carrefour suivant, Chien le salua en aboyant. La vie essayait-elle de lui transmettre un message ?

– Bonjour, toi, fit Carl en caressant la petite tête dressée. Je te préfère de loin à la vérité.

Il tapota la poche vide de son pantalon.

– Désolé, je ne t'ai pas apporté de friandises. Je pensais que tu ne viendrais plus.

Chien l'accompagna malgré tout. Carl avait l'impression d'arpenter non une ville comptant des milliers d'habitants, mais un village, le village des lecteurs – dont lui seul connaissait l'existence. De prime abord, les maisons semblaient plutôt distantes. En réalité, elles étaient pareilles aux plis du soufflet d'un accordéon : très éloignés tant que l'instrument était étiré, mais proches dès qu'on chassait l'air pour en jouer. Au fil de la promenade de Carl, la distance entre ces maisons disparaissait. Qu'il doive faire deux pas pour aller de l'une à l'autre, ou cent, cela ne faisait aucune différence. Ces maisons étaient liées les unes aux autres. Seul Carl le savait.

La visite de Carl chez ses autres clients se déroula comme chez Darcy. Impossible de dire la vérité à Effi – son visage était impeccable mais ses yeux embués, comme emplis de nuages de pluie. Pas plus qu'à Mme Brindacier (« Se réchauffer les mains au-dessus du loyer ») ; au docteur Faustus, qui avait accroché au mur le calendrier aux chiots offert par Schascha, mais glosait sans relâche sur les chiens au passé de loups ; à Hercule qui, attablé dans sa cuisine, expliqua à Carl les lettres de A à D avec le même enthousiasme que si l'humanité venait de découvrir des créatures fabuleuses ; à sœur Amaryllis, qui prétendit raffoler des tueurs en série, surtout les catholiques qui assassinaient en s'inspirant de chapitres de la Bible. Ni même au liseur, qui remercia Carl en lui offrant un exemplaire du *Tango silencieux* relié avec du fil à coudre. Sa patronne était tellement ravie qu'elle l'avait invité chez elle le samedi suivant pour l'entendre encore lire le merveilleux premier chapitre (en particulier la scène de danse, un sommet de tension érotique).

Pour eux tous, ce n'était qu'une énième visite de Carl Kollhoff le libraire.

Pour Carl, c'était le premier jour passé dans l'écho de sa vie antérieure.

Lorsqu'il fut de retour chez lui, la peur l'étreignit et le secoua comme une main géante essayant de lui arracher jusqu'à la dernière étincelle de bonheur.

6.

Jeu de piste

Carl se mit à acheter les livres qu'on lui commandait.

Alors même que, depuis toujours, les clients, une fois livrés, effectuaient des virements sur le compte de la librairie. Sans doute le pot aux roses finirait-il par être découvert lorsque l'aimable conseillère fiscale du cabinet Lovenberg, Müller & Czöppan bouclerait les comptes annuels.

Pour pouvoir se procurer suffisamment de livres, Carl dut se séparer des siens. Chaque jour, il en disparaissait davantage de ses étagères ; tous les amis de papier qui vivaient avec lui depuis des années ou des décennies le quittaient. N'ayant pas le cœur de les céder lui-même à Hans, qui tenait la librairie d'occasion, Carl rétribuait pour cela Leon le stagiaire, qu'il avait guetté un soir devant la librairie La Porte de la ville, après la fermeture. Il n'obtenait presque rien de la vente de ses trésors. L'acquisition d'un nouvel ouvrage lui coûtait parfois vingt des siens. Et ses clients commandaient plus que jamais, s'efforçant de soulager l'évidente tristesse du passeur de livres.

Carl vécut l'enterrement de Gustav de loin. Le cortège funèbre était des plus clairsemés : seules trois personnes accompagnèrent le vieux libraire dans son dernier voyage. Carl attendit qu'elles disparaissent pour se recueillir sur la tombe de son vieil ami et lui remettre quelques volumes de Jules Verne. Phileas Fogg et Michel Strogoff veilleraient sur lui. *Le papier, c'est du carbone*, songea Carl, *et nous aussi, les humains, en sommes faits. Les livres et les hommes sont du même bois.*

Il continua également d'offrir ses propres livres à ses clients, ce qui vida sa bibliothèque encore plus rapidement. Mr. Darcy reçut tous les romans de Jane Austen, et Effi, après des récits mettant en scène des femmes qui décidaient de rompre avec leur mari, se vit livrer des polars sur des femmes qui l'avaient assassiné. Le poison pourrait constituer un « remède » de premier choix. Bien sûr, Carl n'essayait pas d'encourager sa cliente à commettre un crime, il espérait seulement lui montrer comment tout finirait si elle ne quittait pas son mari.

— Vous n'avez pas besoin de m'apporter ces livres, mon couple se porte à merveille, déclara un jour Effi, à qui son mari avait dicté ces mots.

Ce dernier avait trouvé les commandes de sa femme et lu les quatrièmes de couverture. Là-dessus, il avait jeté les livres, ainsi que les romans préférés d'Effi.

— Vous vous faites des idées, poursuivit-elle.

Carl pouvait voir qu'il n'y avait plus de fleurs dans le couloir de l'entrée. Ni bouquets ni plantes. Plus rien de vivant.

Effi referma rapidement la porte : cela faisait trop de mensonges à la fois, et ils n'étaient pas aussi joliment emballés que les livres.

Seul devant la porte close, Carl pensa que le charmant bavardage de Schascha lui manquait beaucoup. Il lui avait toujours évoqué le clapotement d'un ruisseau scintillant balayé par les ailes d'un moulin. Pour conjurer le sort, il se mit à lui parler, et elle à lui répondre.

— Elle ment, dit Schascha. On ne se fait pas du tout des idées.

— Je sais, mais elle ne nous ment pas à nous, elle se ment à elle-même.

Schascha le poussait à avancer quand son pas se faisait traînant.

— Tu dois marcher plus vite sinon les livres vont jaunir.

Et comme ils approchaient de chez Pino, elle déclara sévèrement :

— Pas de glace aujourd'hui, tu as besoin d'argent pour les livres. C'est une nourriture qui se conserve beaucoup plus longtemps.

Carl comprit alors que les choses ne pouvaient pas continuer ainsi et qu'il avait besoin de la vraie Schascha.

Seulement il ne pouvait pas l'appeler ou lui rendre visite, elle ne lui avait jamais donné son nom de famille ni montré l'immeuble dans lequel elle vivait.

Il décida donc de se rendre le lendemain matin dans les cours d'école de la ville en ouvrant grand les yeux, et de demander aux enfants de l'âge de Schascha s'ils connaissaient une petite fille aux boucles brunes. Quand on avait rencontré Schascha une fois, on ne pouvait plus l'oublier.

Carl avait escaladé l'Everest et plongé dans la fosse des Mariannes, il avait traversé le Kurdistan sauvage et exploré les glaciers de l'Antarctique. Ses livres lui avaient permis de vivre tout cela, lui épargnant avec clémence l'univers des écoles allemandes.

Cette pagaille de petits êtres qui couraient en tous sens ! Enfant, Carl avait découvert une fourmilière dans la forêt, qu'il avait observée pendant des semaines. Il y régnait une agitation fiévreuse, mais elle obéissait à un ordre interne. À l'école Saint-Léonard, en revanche, la cour reproduisait la théorie du chaos de façon très convaincante.

Près de l'entrée, Carl heurta des enfants à plusieurs reprises, ou plutôt ils faillirent le renverser en le percutant. Pire encore que cette cohue, il y avait les cris et les hurlements… La lecture était une occupation silencieuse. Même quand le texte évoquait les éléphants de guerre avec lesquels Hannibal avait traversé les Alpes en 218 avant J.-C., aucun barrissement ne faisait trembler la fenêtre du salon, et quand les blindés de la division fantôme de Rommel perçaient la ligne Maginot près de Maubeuge, seul le souffle du lecteur était audible. En lisant, on n'entendait tous ces événements qu'avec les yeux.

Lorsque Carl parvint enfin dans le bâtiment, il s'adossa à un mur et respira profondément. À force de questions, il finit par trouver le secrétariat, où il apprit qu'aucune information ne pouvait lui être divulguée. Il décida donc d'interroger les enfants.

Une sonnerie venait justement d'annoncer la fin de la récréation, et les élèves affluaient, passant devant lui en un raz-de-marée. Seul un garçon de l'âge de Schascha marchait si lentement que Carl put lui adresser la parole.

— Tu connais une Schascha ?

— C'est quoi, ce drôle de nom ? s'étonna l'écolier.

— Je croyais que c'était un prénom moderne. De même qu'autrefois on s'appelait Edeltraud ou Gertrud.

— Nan. Personne à l'école s'appelle comme ça. Je dois aller au cours de géographie maintenant.

À vrai dire, il avait encore oublié son devoir. Mais il ne l'avoua pas à ce drôle de vieil homme.

Compte tenu de son âge, Schascha devait être en CM1. Carl avait entouré sur une carte de la ville toutes les écoles primaires à partir de la place de la Cathédrale. Il y en avait sept au total. L'école Saint-Léonard était la première sur son parcours.

Carl n'était pas sûr que ses oreilles et ses nerfs supporteraient les six autres.

Dans les établissements suivants, il s'épargna le trajet jusqu'au secrétariat et s'adressa directement aux élèves qui se trouvaient dans la cour pendant les pauses. Il interrogea les grands comme les petits, leur donna le nom de Schascha et la décrivit du mieux qu'il put.

Il visita six écoles. Dans la sixième, baptisée du nom de Pestalozzi, il avait questionné trois écolières à la récréation lorsque le surveillant, un enseignant portant une veste en Gore-Tex zippée jusqu'en haut, se planta devant lui.

– Puis-je vous demander ce que vous êtes venu faire dans notre établissement ?

– Schascha, répondit Carl. Elle a neuf ans, bientôt dix, elle est brune et…

– Il n'y a pas de Schascha ici, l'interrompit-il. Veuillez quitter immédiatement la cour de l'école et ne plus parler aux élèves, sinon nous appellerons la police.

– Mais…

– Et d'abord, qui est cette Schascha ? Sûrement pas votre petite-fille, sinon vous sauriez où elle est scolarisée.

– C'est..., bredouilla Carl.

L'enseignant le prit par le bras.

– Je vous trouve confus, voulez-vous que j'appelle quelqu'un ?

– Oui... euh non, déclara Carl, encore plus confusément. Je ferais mieux d'y aller.

– Faites donc, commenta l'enseignant en lui tapant dans le dos.

Carl ne put s'empêcher de penser à un équarrisseur flattant le flanc d'un cheval condamné.

La septième école étant déjà fermée, Carl décida d'aller chercher Schascha chez ses clients. Ne supportant plus son absence, il la laissa de nouveau l'accompagner. Elle portait sa veste d'hiver jaune, qui brillait tant ce jour-là qu'elle paraissait neuve. Son petit sac à dos était rebondi, mais elle sautillait malgré tout, comme si le sol était en caoutchouc. Carl la fit parler avec lui tout le long du trajet. Il lui répondit même, et pas uniquement en pensée.

Il se rendit d'abord chez Mr. Darcy, là où commençait toujours leur tournée.

– J'aime beaucoup Mr. Darcy. Et son jardin alors ! s'exclama Schascha.

– Mais pourquoi n'as-tu rien dit quand il nous a montré son horloge florale ?

– Tu es un vieil homme stupide, fit tendrement la fillette. J'étais super excitée parce que j'allais lui offrir un livre. Je pourrais être dans son jardin, assise dans son fauteuil génial, va savoir...

Devant chez Mme Brindacier, Schascha s'écria :

— Je suis sûrement ici !

— Chez une enseignante ?

— Elle ne travaille plus à l'école. Les profs ne sont affreux que dans les écoles, où les enfants sont sans défense.

— Ça paraît terrible, présenté de cette façon.

— Ça l'est. Tu l'as juste oublié depuis longtemps. Mais Mme Brindacier est gentille maintenant. Comme un dragon qui ne peut plus cracher de feu. Je pourrais bien être en train d'apprendre auprès d'elle.

— Sans avoir peur d'être carbonisée ?

— Voilà, tu as compris !

Lorsqu'ils arrivèrent près de l'immeuble d'Hercule, Schascha était enthousiaste.

— Qu'y a-t-il de mieux que d'être invitée chez un gars musclé qui, en plus, vous offre toujours à boire ?

— Depuis quand dis-tu « gars » ?

(Par moments, Carl se rendait compte qu'il se parlait à lui-même, mais il retrouvait toujours très vite le fil de l'histoire.)

— Un gars… ou un type. C'est la même chose, non ? J'utilise tes vieux mots pour que tu me comprennes.

— Merci, c'est très attentionné de ta part.

Schascha se trouvait ensuite chez le docteur Faustus, où elle voulait à tout prix admirer encore le calendrier aux chiots, en particulier le teckel de septembre. Puis chez le liseur, pour qu'il lui lise à voix haute son devoir de lecture pour l'école. Chez sœur Amaryllis, Schascha persuada Carl qu'elle était entrée au couvent, qu'elle avait toujours voulu être nonne – ce qui parut étrange à Carl, encore que.

Le passeur de livres les interrogea tous l'un après l'autre : « Avez-vous vu Schascha ? Est-elle passée chez vous ? »

Mais nul ne l'avait vue. Et elle n'avait rendu visite à personne.

Tout le monde se faisait du souci. Carl n'était pas le seul à avoir accordé à cette enfant une place dans son cœur.

Ne restait qu'Effi. Carl se sentait approcher du dernier chapitre d'un livre, et s'inquiétait que celui-ci ne se révèle pas à la hauteur de ses promesses.

— Pourquoi veux-tu que je sois chez Effi ? demanda Schascha. Elle est tellement triste ! En plus, son mari me fait peur.

— Tu es courageuse. Et tu as bon cœur. Tu veux l'aider.

— Toi aussi, tu as bon cœur, alors pourquoi tu ne l'aides pas ?

— Parce que je suis paralysé par la peur, répondit Carl en enfonçant davantage son chapeau mou sur son front. C'est pour ça que toutes mes journées sont identiques depuis des dizaines d'années.

Seules de petites choses changent. Ainsi vivent les gens anxieux.

— Mais je ne suis pas une petite chose !

— Non, vraiment pas, commenta Carl. Et maintenant, sonne.

Elle pointa du doigt sa poitrine d'un air interrogateur.

— Tu n'oses pas faire ça non plus ?

— Sonne, c'est tout.

Effi mit du temps à ouvrir – cette fois, elle n'attendait pas derrière la porte, mais venait du sous-sol. Son apparence n'était pas aussi parfaite que d'habitude, ses yeux étaient cernés et sa peau rougie.

— Monsieur Kollhoff ? Qu'est-ce qui se passe ? Vous ne venez jamais à cette heure-ci.

— Avez-vous vu Schascha ?

— Elle a disparu ?

— Oui, enfin, je la cherche…, commença Carl.

Le sens de la question d'Effi se fraya un chemin jusqu'à la conscience de Carl. Était-il arrivé malheur à sa jeune amie ?

— Auriez-vous lu quelque chose dans le journal, ou entendu quelque chose à la radio ? s'enquit-il.

Effi secoua la tête.

— Elle n'est pas tout simplement chez elle ?

La peur enfla dans le ventre de Carl, jusqu'à peser autant qu'un ballon lesté en cuir.

— Elle me rejoint toujours sur la place de la Cathédrale.

— Elle va bien, certainement. Peut-être qu'elle est en voyage scolaire.

— Elle me l'aurait dit. Schascha n'est pas une petite fille qui sur un coup de tête ne vient pas. On peut compter sur elle !

Effi caressa doucement le bras de Carl.

— Monsieur Kollhoff, j'aimerais tellement vous aider et partir à sa recherche avec vous ! Mais je…

Elle s'interrompit.

— Je suis vraiment désolée.

Et sans un mot de plus, elle referma la porte.

Personne d'autre n'ajouta quoi que ce soit. Dès lors, Schascha elle-même resta silencieuse.

Et Carl ne livra pas de commandes ce soir-là.

La fin de ses tournées avait privé la vie de Carl d'un seul élément, mais cet élément consolidait tout un mur de soutènement. Carl ne trouva le sommeil que tard, et le lendemain matin, il n'entendit pas la sonnerie stridente de son vieux réveil. Lorsqu'il émergea et lut avec effroi l'heure qu'indiquaient les aiguilles, il s'habilla à la hâte et, sans petit-déjeuner ni se raser, prit le chemin de la dernière des sept écoles – Schascha ne pouvait être que là. Les visites de la veille avaient beaucoup stressé le vieil homme, qui tenta de s'apaiser à l'idée que dans tout établissement scolaire il était environné de livres, rangés dans des cartables ou posés sur des tables. Même s'il s'agissait de manuels, peu susceptibles de calmer qui que ce soit.

Lorsque la cloche annonça la première récréation et que les enfants de l'école Carl-Orff s'égaillèrent dans la cour, Carl, qui attendait à côté de la double porte, se mit à appeler Schascha. À chaque manteau jaune, il sursautait et appelait plus fort, à chaque petite tête brune qui sortait en sautillant, il tendait le cou.

Après quelque temps, les derniers élèves apparurent au compte-gouttes, et Carl se décida à en interroger certains. Du moins le croyait-il... En réalité, il les importunait. « Schascha vient forcément ici, tu dois me dire où je peux la trouver ! » Ou encore : « Schascha est toujours à l'intérieur ? Elle est malade ? Dis-le-moi, je vois bien que tu es au courant ! »

Aucun enfant ne savait rien à propos de Schascha, en revanche tous savaient comment échapper à Carl. Cette fois, le vieil homme fut chassé par le concierge qui le houspilla armé d'un balai, comme s'il pratiquait un art martial d'un nouveau genre.

Carl entra dans le magasin discount le plus proche.

Au rayon des alcools, il préféra aux sylvaners de Franconie un vin de table bon marché en cubi. Ses doigts n'épouseraient pas les courbes élégantes d'une bouteille en verre. À peine sorti du magasin, il déchira l'emballage en carton et but au goulot.

Sur le chemin du retour, il longea la clôture en treillis de l'école Saint-Léonard. Les rires et les cris de joie des enfants lui faisaient l'effet de moqueries, et il baissa la tête. Du coin de l'œil, il aperçut quelque chose de jaune, mais son regard ne s'y attarda pas.

Puis un enfant hurla : « Rends-moi mon livre ! » Carl leva les yeux. L'idée qu'un livre se trouve en danger ne le laissait pas indifférent.

C'est alors qu'il la vit.

Sans sa veste d'hiver jaune. La voix qu'il avait entendue n'était pas non plus celle de Schascha, mais d'un garçon roux près d'elle, qui essayait désespérément d'atteindre un manuel qu'un élève plus grand brandissait au-dessus de sa tête, le hissant un peu plus à chaque saut que faisait le garçon.

Schascha remarqua Carl et il put lire sur ses lèvres : « C'est le passeur de livres ! »

Elle accourut.

— Tu me cherchais, hein ?

Débordant de joie, Carl avait l'impression d'être une bouteille de champagne qu'on vient de déboucher. Il était si heureux que son cœur lui faisait mal.

— Je m'inquiétais… Mais je t'ai enfin retrouvée.

Schascha le serra dans ses bras à travers la clôture.

— Tu m'as beaucoup manqué, tu sais ?

— Toi aussi tu m'as manqué.

— Moi, plus. Jusqu'à la lune et retour !

— Ça vient d'une carte postale, ça.

— C'est quand même vrai ! s'exclama-t-elle, rayonnante.

— Hier, je suis venu te chercher ici, mais personne ne te connaissait.

— Tu as demandé Schascha ?

— Oui, évidemment.

— Il n'y a pas de Schascha ici, dit-elle en souriant largement.

— Comment ça ?

Elle se montra du doigt.

— Je suis Charlotte. Il n'y a qu'avec toi que je deviens Schascha. J'ai toujours voulu que mes copines m'appellent comme ça, mais elles ne l'ont jamais fait ! Alors j'ai gardé ce surnom entre nous.

Charlotte s'était imaginée en super-héroïne parce que les garçons de sa classe se vantaient toujours à la récré d'être Captain America ou Iron Man. Elle se représentait une femme volant au-dessus de la ville, sa cape rouge flottant autour d'elle, des rayons laser jaunes sortant de ses yeux. Une femme qu'elle avait baptisée Schascha.

Cette Schascha ressemblait comme deux gouttes d'eau à sa mère sur la photo encadrée de noir qui se trouvait sur la commode de l'entrée. Charlotte déposait toujours des pâquerettes devant, qu'elle cueillait entre les pavés en rentrant de l'école.

— Très heureux de faire ta connaissance, Charlotte, déclara Carl en s'inclinant. C'est un honneur pour moi de pouvoir t'appeler Schascha.

— Je trouve aussi !

Carl jeta discrètement le cubi de vin dans une poubelle.

— Pourquoi n'es-tu pas revenue ?

— C'était pas possible, répondit la petite fille.

Si Schascha disait bien la vérité, elle omettait les détails. Mme Disselbeck, la directrice de son école, avait appelé chez elle car la fillette avait manqué deux heures de cours le matin de son passage à la manufacture de cigares. Schascha avait tout avoué à son père, qui lui avait alors interdit d'accompagner le vieux libraire. Ses pleurs et ses supplications n'avaient servi à rien, ni toutes les petites lettres avec quantité de cœurs et encore plus de s'ilteplaît-s'ilteplaît, ni les petits déjeuners au lit avec des toasts en forme de sapins qu'elle avait confectionnés à l'aide des emporte-pièce de Noël, ni les dîners où elle avait énormément amélioré la soupe en sachet.

Schascha, qui aimait tant parler, comme si les mots étaient des pralines fondant sur son palais, préféra taire la raison pour laquelle elle n'était pas venue rejoindre Carl. Mais un silence aurait donné à celui-ci l'occasion de la questionner, aussi décida-t-elle de le combler :

— Là-bas c'est Jule, ma meilleure amie pour toujours, enfin en ce moment. Elle te connaît aussi et elle dit que tu as un drôle de cou. Le même que son grand-père.

— Je l'appelle mon cou de dindon, expliqua Carl en passant la main dessus. Il faut être très vieux pour ça. Quelqu'un de jeune ne saurait pas s'en servir correctement.

— S'en servir ?

— Quand on en a un, on peut faire ceci…

Carl se mit à agiter les bras comme s'il s'agissait d'ailes, en poussant des glouglous de dindon. Le bonheur d'avoir retrouvé Schascha le rendait plus ivre qu'aucun vin n'aurait pu le faire.

Schascha éclata d'un rire sonore avant de jeter un regard anxieux autour d'elle pour s'assurer qu'aucun de ses camarades de classe n'avait été témoin de la scène.

Le garçon aux cheveux roux la pointa du doigt et pouffa.

— C'est Simon, n'est-ce pas ? demanda Carl. Celui qui te pousse toujours ?

Schascha hocha la tête, hésitante, avant de lâcher :

— Mais ne va pas lui parler, s'il te plaît !

— Certainement pas, je vais régler ça d'une autre façon.

— Avec des livres ?

— Tout à fait. Tu connais son adresse ? Maintenant que je l'ai vu, je sais exactement ce qu'il lui faut.

Schascha inscrivit les coordonnées de Simon sur le dos de la main de Carl.

— Mais rien de gênant, d'accord ? *Je t'en priiiiiie !*

La cloche de l'école sonna.

— Bon, je dois retourner en classe malheureusement.

— Tu reviendras faire la tournée avec moi un de ces jours ?

Schascha pinça les lèvres avant de répondre.

— Bien sûr.

— Ce soir ?

Elle hocha lentement la tête, sans rien ajouter. Puis elle traversa la cour jusqu'à la porte, dont la peinture rouge était écaillée par endroits.

Sur le chemin du retour, Carl entra dans une minuscule boutique qui vendait des fleurs en papier de soie. Il demanda à voir celles qu'on trouvait sur les îles au trésor, dans l'Ouest sauvage ou au bord du Mississippi où vivait Huckleberry Finn, mais la vendeuse ignorait s'il y poussait des roses, des tulipes, des coquelicots ou des œillets, les seules variétés qu'elle proposait. Carl en choisit une de chaque, composant un bouquet bigarré, car Gustav avait une personnalité vive, aux multiples couleurs. Tandis que la vendeuse emballait soigneusement les fleurs, Carl annonça qu'il les destinait à un cimetière. Elle secoua la tête, expliquant qu'elles n'étaient hélas pas faites pour cela : à l'extérieur, elles perdraient leurs pétales plus rapidement que de vraies fleurs.

— C'est sans importance, répondit Carl. Je voudrais juste faire rire un vieil ami.

Comme tout libraire amoureux des livres, Gustav s'était intéressé au papier, mais sans doute n'en avait-il jamais vu sous la forme de corolles.

Alors qu'il refermait derrière lui le portail du cimetière, Carl aperçut Sabine Gruber devant la tombe de son père. Il tourna donc à droite pour aller s'asseoir sur le banc en fonte où Schascha lui avait montré son cahier d'amitié, dans lequel elle avait noté ses grandes réflexions : quels livres feraient le bonheur des gens à qui Carl et elle rendaient visite ? Le banc se trouvait tout près de la tombe de Gustav, mais en était séparé par un épais buisson à feuillage persistant, à travers lequel on ne pouvait voir qu'en tendant le cou aux endroits les plus clairsemés.

Sabine Gruber était maintenant agenouillée devant la tombe sur laquelle se dressait une simple croix en bois, provisoire.

— Regarde à quoi ça ressemblera, dit-elle. La pierre tombale aura la forme d'un livre ouvert, et j'y ferai graver un texte qui racontera ta vie.

Elle ramena nerveusement une mèche de cheveux derrière son oreille.

— Je te montre quelque chose de beau, et pourtant j'imagine que tu me reproches tes funérailles, reprit Sabine Gruber en froissant le croquis pour le fourrer dans la poche de sa veste. Je pensais sincèrement avoir fait le bon choix ! Ce n'est qu'à ton enterrement, où nous étions si peu nombreux, que tous les autres m'ont manqué. Et j'ai trouvé ça triste pour toi. Tu as toujours aimé avoir beaucoup de monde autour de toi… Je suis désolée, tu m'entends ?

Elle arracha une mauvaise herbe qui venait de percer le sol.

— Parfois, je ne me supporte pas. Et je ne suis certainement pas la seule. Mais j'essaie de tout faire comme il faut. Pour que tu sois fier de moi. Seulement tu ne le seras plus jamais, maintenant, quels que soient mes efforts. J'ai eu mes chances, et tu as eu les tiennes. Ni toi ni moi n'avons su les saisir, n'est-ce pas ? J'ai peur de ne pas avoir hérité de ton gène du livre. J'aurai beau trimer tout mon possible, jamais je ne serai comme toi, ou comme ton cher Carl. Je me vois encore petite fille dans ses yeux. Tu sais qu'un jour il s'est plaint auprès de ma prof de français parce que j'avais eu dix, et qu'il trouvait que je méritais dix-huit ? Mes amies ont tout entendu, c'était terriblement embarrassant. Il a agi comme s'il était mon père. Ça partait probablement d'un bon sentiment, sûrement même, mais je ne lui avais rien demandé. Je n'ai pas besoin de lui, je me débrouille très bien seule. Arrête de sourire aussi amèrement ! Même dans la mort, tu ne peux pas te montrer chaleureux avec moi ? Compréhensif ? Mais non, tu n'as jamais été doué pour ça.

Sabine Gruber leva les yeux vers le ciel d'un bleu d'encre et soupira profondément.

— Tu te souviens du jour où tu t'es violemment mis en colère parce que j'avais dessiné sur les dernières pages de tes livres ? C'étaient des illustrations que m'inspiraient les titres des œuvres. Je m'en étais même vraiment bien tirée pour *Le Tambour* de Günter Grass, mais tu étais furax car j'avais saccagé tes romans chéris. J'étais une petite fille, pour l'amour de Dieu ! Je n'ai jamais pu rivaliser avec tes livres, conclut-elle en se levant. Pourquoi fallait-il que tu meures pour que j'arrive à te dire tout ça ?

Elle remonta la fermeture éclair de sa veste.

— Tu sais le plus triste ? J'aime les livres, vraiment. Mais ils ne m'ont jamais rendue aussi heureuse que toi. Et ça, je n'ai jamais pu te le pardonner.

Elle hésita, caressa la croix de bois et s'en alla.

Carl attendit que Sabine Gruber quitte le cimetière pour déposer les fleurs en papier sur la tombe de son vieil ami. Ce dernier aurait besoin de temps pour digérer ce qu'il venait d'entendre. Gustav avait toujours craint que Sabine n'ait pas les épaules pour diriger la librairie. Aussi ne lui passait-il jamais rien, espérant qu'elle le comprendrait plus tard. Gustav venait d'apprendre qu'il avait commis une grosse erreur, mais il n'y avait plus moyen dorénavant de changer quoi que ce soit. Le père et sa fille ne pourraient plus ouvrir un nouveau chapitre de leur histoire commune.

Cet après-midi-là, Carl vida d'autres étagères. Il vivrait bientôt seul. Si, au début, il contemplait chaque livre, sentant à quel point il était cher à son cœur, tous les volumes atterrissaient maintenant dans des cartons de déménagement sans qu'il leur adresse un regard. Leon ne tarderait pas à venir les chercher. Le produit de leur vente suffirait pour une nouvelle tournée.

Le soir venu, Carl arriva en avance sur la place de la Cathédrale pour guetter Schascha. Elle le rejoignit bientôt, un peu essoufflée, mais de bonne humeur. Son père avait rendez-vous avec un collègue. Avant son départ, il lui avait préparé un bon dîner chaud, avec de grosses boulettes de viande, des petits pois, des carottes et beaucoup de sauce brune ; il lui avait aussi offert un cadeau pour la féliciter de respecter ses instructions et de ne plus accompagner Carl. Le paquet contenait un jeu d'échecs, qu'il souhaitait lui apprendre. Cela n'avait pas du tout plu à Schascha, qui lui avait pourtant raconté en long et en large, l'année précédente, que le club d'échecs de l'école était complètement débile.

Schascha sortit de son sac à dos son cadeau pour Carl, espérant vivement qu'il lui ferait meilleure impression.

— Tiens, c'est pour toi, annonça-t-elle en lui tendant une feuille de papier A4 qu'elle avait enroulée et entourée d'un ruban rouge.

— Je dois l'ouvrir tout de suite ?

— Bien sûr ! Je veux voir à quel point ça te fait plaisir !

Carl défit le nœud et déroula la feuille avec grand soin. Avant même qu'il ait le temps de l'examiner de près, Schascha lui expliqua ce qu'elle avait représenté avec des crayons de couleur.

— C'est toi au milieu, en rat de bibliothèque. Il y a Chien à côté, et autour de vous, tous tes amis. Tu les reconnais ?

— Là, c'est Mr. Darcy, déclara Carl en désignant un ver devant une superbe demeure. Effi (un autre ver avec des fleurs), Hercule (un ver avec des haltères), le liseur (un ver avec un cigare), le docteur Faustus (aux énormes lunettes), sœur Amaryllis (en habit de religieuse), Mme Brindacier (qui se tenait derrière Hercule, une baguette de maîtresse d'école à la main). Schascha, c'est adorable.

— Il te plaît ?

— Et comment ! Je peux te serrer contre moi ?

— Bien sûr, pas la peine de demander. Moi, je le fais toujours sans poser la question.

C'était agréable de tenir la petite fille ainsi, même si, au début, Carl se sentait maladroit.

Schascha, elle, était douée pour les câlins. L'un devait savoir guider l'autre, comme les partenaires d'une danse.

— Tu sais, confia Carl, les rats de bibliothèque sont des animaux très rares, extrêmement farouches en général. C'est même une espèce en voie de disparition qu'il faudrait protéger de toute urgence.

— Je te protégerai !

— Je peux te demander une faveur ?

— Mais oui !

— Tu veux bien ajouter à ton dessin le plus important de mes compagnons ?

Schascha quitta les bras de Carl et prit la feuille.

— J'ai oublié quelqu'un ?

— Mais oui, toi ! dit Carl en riant.

— Je ne suis pas du tout importante, objecta Schascha, qui fit un geste de la main en signe de dénégation.

— Si, tu es même la plus importante, répondit Carl.

— Le dernier arrivé chez Mr. Darcy aura un gage ! lança Schascha qui partit en courant, puis s'arrêta net et se retourna, hilare. C'est juste pour rire ! Tu n'as aucune chance contre moi, de toute façon.

Carl releva le défi et prit le départ.

Il n'avait effectivement aucune chance, et il atteignit la villa hors d'haleine. Sans lui laisser le temps de reprendre son souffle, Schascha sonna aussitôt.

Mr. Darcy leur ouvrit, radieux.

— L'homme ou la femme qui n'éprouve pas de plaisir à la lecture d'un bon roman ne peut qu'être d'une bêtise intolérable.

Carl le fixa d'un regard interrogateur.

— Ma citation préférée du jour ! Ce sont les propos de Mr. Tilney dans *Northanger Abbey*, précisa Mr. Darcy en souriant.

Il leur fit signe d'entrer.

— J'ai quelque chose à vous montrer. Surtout à toi, Schascha. Tout particulièrement à toi !

Il emprunta d'un pas rapide le long couloir jusqu'au grand salon. Derrière la façade vitrée s'étendait le parc avec son horloge florale.

Carl et Schascha le remarquèrent au premier coup d'œil : Mr. Darcy ne vivait plus seul. Il avait installé une étagère sur laquelle étaient rangés les romans de Jane Austen. Il passait maintenant tout son temps en compagnie de Fanny Price, Anne Elliot, Catherine Morland, Elinor et Marianne Dashwood, et bien sûr Emma Woodhouse et Elizabeth Bennet. S'il ne pouvait pas les regarder lire, il pouvait au moins lire leurs histoires.

Ces livres produisaient le même effet qu'une cheminée quand un feu y brûlait ; en s'éloignant de l'âtre, on sentait à quel point il faisait froid autour. À la lecture de ces œuvres remplies de vie, Mr. Darcy avait fini par percevoir la solitude qui régnait dans sa villa. Avoir ces romans à portée de sa main le rendait à la fois heureux et triste.

— Asseyez-vous, je vous en prie. Monsieur Kollhoff, et si nous passions au tutoiement ? Nous nous connaissons depuis assez longtemps maintenant, n'est-ce pas ? Je suis peut-être le plus jeune, mais je ne laisserai aucun snobisme faire obstacle à mon bonheur. J'ai appris ça de cette bonne vieille Jane !

Et il tendit la main en ajoutant :

— Christian.

Non, pensa avec douceur le passeur de livres, *Fitzwilliam*.

— Carl, déclara-t-il en lui serrant la main.

— Eh bien, asseyez-vous ! répéta Mr. Darcy qui, en regard de son tempérament habituel, se montrait presque exalté. Une idée m'a traversé l'esprit ce soir. Pourquoi ne pas créer un club de lecture ? Vous savez, tout le monde lit le même livre et on en parle ensuite. Comme avant, quand les hommes se regroupaient autour du feu pour se raconter des histoires. La chaleur du foyer les a peut-être rapprochés à l'âge de pierre, mais ce sont les histoires qui les ont civilisés. Qu'en pensez-vous ? Il y a beaucoup de place ici. En été, on pourrait s'installer dans mon parc. Enfin, après la pluie. Peut-être devrions-nous coller des affiches.

Schascha était très fière que Mr. Darcy l'ait incluse dans son « vous ». Elle eut immédiatement la sensation d'avoir dix ans de plus. Mais la perspective de parler de livres avec d'autres lui donna aussi l'impression que dix ans de fatigue pesaient sur ses épaules, elle le faisait déjà bien assez en cours d'allemand.

Carl n'appréciait pas beaucoup les groupes, qui le rendaient nerveux. De plus, en tant que passeur de livres, il était censé faire ses tournées, et non rester assis. Mais combien de temps encore le pourrait-il ? Il ne lui restait plus que très peu de rondes à assurer, c'était inévitable. Sans livres, il n'irait plus chez les gens. Sans livres, cette vie ne serait plus la sienne. Apporter de la lecture lui donnait tout son sens.

Ne supportant plus cette pensée, il se leva.

– Nous devons malheureusement prendre congé.

– Et que pensez-vous, pardon... que penses-tu de mon idée ?

– Vous devriez... tu devrais le faire.

– Ah oui, alors ! renchérit Schascha. J'en parlerai à tout le monde, comme ça tu n'auras pas besoin d'affiches.

Carl se dirigea rapidement vers la porte du salon.

– S'il te plaît, la prochaine fois pourrais-tu m'apporter les romans inachevés de Jane, *The Watsons*, *Lady Susan* et *Sanditon* ? Je ne peux pas me passer d'elle en ce moment ! déclara

Mr. Darcy, qui aurait donné beaucoup pour créer immédiatement son club de lecture.

— On s'en occupe, répondit Schascha, Carl se trouvant déjà hors de portée de voix.

Elle ne le rattrapa qu'au coin de la rue.

— Pourquoi tu t'es sauvé ?

— Nous avons beaucoup d'autres commandes à livrer aujourd'hui.

— Je te trouve bizarre. Encore plus bizarre que d'habitude.

— Marcher aide, commenta Carl. Ça permet à la bizarrerie de s'échapper par les pieds.

Schascha rit, histoire de dissiper la tension. Elle pouvait rire sur commande ; pleurer aussi. D'ailleurs, curieusement, pleurer lui faisait beaucoup plus de bien.

Carl avançait en donnant de grands coups dans les pavés avec la pointe de son parapluie, furieux de ne rien pouvoir changer à la situation qui l'oppressait. Il n'y avait aucun moyen d'empêcher que prenne fin son existence de passeur de livres.

Lorsque Chien les rejoignit, Schascha faillit sauter de joie. Elle lui offrit une toute petite friandise en forme de souris, qu'elle avait achetée spécialement pour l'occasion. La vendeuse de l'animalerie lui avait assuré que les chats en raffolaient. Schascha espérait que, pour une fois, Chien se comporterait en vrai chat.

— On va chez le docteur Faustus aujourd'hui ?

— Il n'a rien commandé. Pourquoi ?

— Il faut qu'on y aille. Tout de suite !

— Mais notre trajet ne passe…

— Je sais, mais c'est obligé. S'ilteplaît-s'ilteplaît-s'ilteplaît !

— Quand tu as cette expression-là, je ne peux rien te refuser.

— Exact. Alors, tu abandonnes ?

Carl céda, et, un peu plus tard, ils sonnaient à la porte du docteur Faustus. Lorsqu'il leur ouvrit, l'érudit se frotta les yeux, surpris, comme si cela ferait disparaître ses visiteurs. Il fouilla sa mémoire, se demandant s'il n'avait pas commandé malgré tout cet ouvrage historique sur Moïse au délai de livraison astronomique. Mais non, un essai contenant tant d'erreurs aurait fait insulte à son intellect.

— Comme il m'est plaisant de vous voir, déclara le docteur Faustus, qui aimait les tournures un peu affectées. Qu'est-ce qui me vaut cet honneur ?

Perplexe, Carl regarda Schascha.

— Nous avons besoin de ton aide, expliqua celle-ci. C'est à propos de ce chat. Il lui faut un foyer pour une semaine.

— Et pourquoi donc ?

Moui, pourquoi, se demanda Schascha, qui avait pensé que le docteur Faustus accepterait avec enthousiasme. Elle avait même imaginé qu'il prendrait aussitôt Chien dans ses bras pour le caresser, le faisant bruyamment aboyer de joie.

Soudain, elle se rappela ce qui était arrivé à Simon à l'école.

— Ce chat est pourchassé par d'autres chats qui l'embêtent alors qu'il ne fait rien de mal. Ça s'appelle du harcèlement ! ajouta-t-elle avant de tendre les friandises au docteur Faustus. Tiens, Chien aime beaucoup ça.

— Chien ?!

— Chat ! Je t'apporterai une litière demain, du papier journal fera l'affaire en attendant.

C'était ce qu'avait dit la vendeuse de l'animalerie.

— Mais pourquoi venir me voir, moi ? Je n'ai aucune expertise en matière d'animaux de compagnie.

— Tu es le seul client de Carl qui vive assez loin du territoire des autres chats. La seule personne chez qui il sera en sécurité.

— Hmmm.

Certains auraient été découragés par un « Hmmm ». Schascha, elle, savait qu'elle avait gagné.

— Un petit essai d'une nuit ou deux ?

— Bon, d'accord.

— Super, merci ! Et ne sois pas surpris s'il fait des bruits bizarres. C'est normal pour un chat, affirma-t-elle avant de tirer Carl par la manche. On doit y aller maintenant ! Salut !

Carl, se laissant entraîner à sa suite, manqua de trébucher. Il avait l'impression qu'ils venaient de fracturer un distributeur de chewing-gums.

— Et tu crois que ça va marcher ?

Schascha haussa les épaules.

— Peut-être ! En tout cas, j'aurais au moins essayé de le rendre plus heureux. Si Chien ne réussit pas à le libérer de sa peur des chiens, alors personne ne le pourra.

— Mais c'est un chat.

— Exact.

Ils arrivaient déjà aux abords de la maison d'Effi.

D'où s'échappaient des cris.

Si forts que les pigeons s'envolèrent du toit, paniqués.

Carl ôta son sac à dos et en sortit le livre destiné à sa cliente. Puis il se dirigea résolument vers la porte. Mais chaque fois qu'il s'apprêtait à sonner, un autre cri retentissait et le faisait tressaillir. C'étaient des cris aigus, perçants – des cris de douleur, sans espoir que la douleur disparaisse.

Finalement, Carl baissa la tête.

— Parfois, dit-il en regardant Schascha d'un air navré, un livre ne suffit pas. Le papier ne peut pas panser toutes les blessures. Nous devons trouver une cabine téléphonique.

— Pas besoin, déclara-t-elle en lui tendant son portable après l'avoir déverrouillé. Appuie sur le symbole vert du téléphone.

Fébrile et peu à l'aise avec les technologies du monde moderne, Carl échoua. Schascha prit le relais.

Elle lui tendit l'appareil et il parla à la police, précisant que la situation était urgente. Il indiqua l'adresse, et après une hésitation, cédant à l'insistance de l'agent, il donna également son propre nom. Lorsqu'on lui annonça que les secours arrivaient immédiatement, il rendit son téléphone à Schascha.

— Je ne sais pas comment raccrocher sans combiné.

— Un combiné ? s'étonna-t-elle en pressant sur le bouton rouge de fin d'appel.

Carl regarda autour de lui. D'où pouvait-on observer la maison d'Effi sans être vu ? Il remarqua une grande benne à ordures ménagères devant un salon de manucure. Schascha dut se mettre sur la pointe des pieds et se hisser de quelques centimètres avec les mains pour apercevoir quelque chose par-dessus le caisson.

Ainsi cachés, ils attendirent dix minutes avant qu'une voiture de patrouille s'arrête devant la maison d'Effi. Les orteils de Schascha la brûlaient et ses doigts étaient gelés.

Deux policiers sortirent du véhicule et sonnèrent. Un rideau bougea, puis la porte s'ouvrit sur Effi et son mari. Il avait posé les deux mains sur ses épaules, près du cou, exerçant une légère pression.

— Veuillez nous excuser pour le dérangement, mais nous avons reçu un appel nous informant que des cris venaient de chez vous, expliqua un des policiers avant de regarder Effi. Les cris d'une femme. Notre interlocuteur craignait que vous soyez battue. À moins qu'il n'y ait une autre femme ici ?

— C'est un malentendu, dit le mari d'Effi en riant. Nous regardions la télé à plein volume.

— C'est vrai, madame ? demanda le policier à Effi.

— Oui, répondit-elle en souriant.

— Jamais je ne te frapperais, hein, chérie ? Dis-le au policier.

— Il ne le ferait jamais, confirma-t-elle en souriant toujours.

— Vous voulez nous parler seule ? proposa le policier, qui la fixait avec insistance.

— Non, elle ne veut pas, nous n'avons aucun secret l'un pour l'autre. C'est ça, un mariage réussi, non ? Le nôtre l'est.

Le mari d'Effi lui donna un baiser sonore sur la joue. Elle recula en sursautant car il venait de la frapper à cet endroit-là.

— Un problème à la joue, madame ? s'enquit le policier.

— Un simple mal de dents, expliqua Effi sans cesser de sourire.

Le policier la regarda de nouveau dans les yeux un long moment.

— Vous avez eu raison de faire le déplacement, assura le mari d'Effi en croisant les bras. C'est bien de votre part de donner suite aux appels de ce genre. Mais dans notre cas, c'était une fausse alerte ! La prochaine fois que quelqu'un appellera parce que j'ai mis la télé trop fort, vous pourrez vous épargner le voyage. Pas vrai, chérie ? fit-il en donnant un coup de coude à Effi.

— Oui, il y a des femmes qui, elles, ont vraiment besoin de votre aide, commenta celle-ci avec son éternel sourire.

— C'est tout ? demanda alors son mari. On aimerait bien continuer à regarder le film, il paraît que la fin est très réussie. Je vais baisser le son, évidemment.

Carl sortit de sa cachette derrière le conteneur. Son corps s'y refusait, faisant palpiter son cœur et trembler ses jambes. Mais sa volonté était plus forte.

— Ils mentent ! Il la bat. Je l'ai entendu. Ce n'était pas la télévision.

— Oh, le libraire, fit le mari d'Effi. J'aurais dû m'en douter. À partir de maintenant, ne commande plus de livres à ce fou, chérie. Sinon ma main va vraiment partir.

Et il rit.

Effi rit aussi. Cela lui faisait mal partout.

Observant Carl, les policiers ne virent pas l'homme honnête et scrupuleux qu'il était, mais un vieillard aux vêtements usés, légèrement confus.

C'était le cas, d'une certaine façon ; à cet instant, Carl ne comprenait plus le monde où il vivait.

— La prochaine fois, monsieur, assurez-vous de ne pas nous appeler pour une télé, lui dit l'un des agents. Même si, bien sûr, nous préférons nous déplacer trop que pas assez. Et sachez que nous ne pouvons être utiles que si la victime de violence domestique nous parle.

Cette dernière phrase ne semblait plus s'adresser à Carl, mais à Effi. Seulement son mari venait de verrouiller la porte d'entrée.

Il baissa également les volets donnant sur la rue.

Durant le trajet jusqu'au couvent de sœur Amaryllis, Carl ne prononça pas un mot, tandis que Schascha faisait quantité de suggestions pour sauver Effi. De l'effraction au détective privé, en passant par une bande de filles qui accepteraient une mission de fins limiers, elle avait pensé à tout.

Lorsque la religieuse vit Carl abattu, les épaules tombantes, elle lui demanda si quelqu'un lui avait fait du mal.

Pour toute réponse, il s'effondra. La solide coquille dans laquelle il avait enfermé ses sentiments venait de voler en éclats. Il se décida à raconter Effi, ses craintes pour elle, ses échecs. Il parla sans arrêt, jusqu'à ce qu'Amaryllis pose doucement la main sur son avant-bras.

— Tout ira bien.

— Non, ça n'ira pas !

— Je vais aller la voir, annonça sœur Amaryllis en ajustant son habit.

— Non, il ne faut pas ! Sinon, vous ne rentrerez plus jamais au couvent !

— Oh, enfin… Vous voyez quelqu'un m'observer ? Je me suis inquiétée tout ce temps pour rien.

— Mais…

— Pas de « mais » ! Quel genre de religieuse serais-je si je me recroquevillais craintivement derrière ces murs épais, au lieu d'assister une personne qui a besoin d'aide ?

— Qu'est-ce que tu vas faire ? demanda Schascha. La police n'a pas pu agir.

Sœur Amaryllis disparut dans les profondeurs du couvent et revint peu après avec une bible.

— La parole de Dieu est la plus puissante des armes, affirma-t-elle, et lisant le doute dans les yeux de Carl et de Schascha, elle ajouta : Et si cette parole ne suffit pas, on peut toujours s'en servir comme projectile.

Elle leur adressa un clin d'œil, puis sortit dans la rue et referma la porte derrière elle. Elle caressa tendrement la façade, comme si elle laissait seul un animal de compagnie adoré. Après un bref soupir, elle se tourna vers Carl.

— Emmenez-moi là-bas !

Schascha avait déjà pris de l'avance.

— Par ici, ce n'est pas loin. Viens ! l'encouragea la petite fille en courant

Schascha ne doutait pas que tout allait s'arranger. Amaryllis était une religieuse, pour ainsi dire une sainte, dotée de super-pouvoirs, comme saint

Martin ou saint Nicolas. Schascha ne savait pas exactement quels étaient ces pouvoirs. Des rayons laser ne sortaient pas des yeux de la nonne, et même voler semblait hors de sa portée, mais elle était différente des êtres humains ordinaires. Et puisque tous les êtres humains ordinaires avaient échoué, seul un être humain hors norme pouvait aider Effi.

Sœur Amaryllis ne fit même pas une halte pour souffler. Elle se dirigea résolument vers la maison que Schascha lui indiquait. Elle ignora la sonnette et frappa à la porte, jugeant qu'un coup fort et déterminé aurait plus d'effet.

— Qui est là ? retentit une puissante voix masculine.

— Je m'appelle sœur Maria Hildegard. Je viens du couvent bénédictin Saint-Alban.

— Il n'existe plus !

— Tant que je suis là, le couvent existe encore.

— Vous êtes la nonne folle, fit la voix en se rapprochant. Nous ne voulons rien donner !

— Je ne collecte pas d'argent.

— Nous ne voulons rien acheter non plus.

— Je n'ai rien à vendre.

— On n'a besoin de rien !

— Tout le monde a besoin de Dieu.

— Allez-vous-en !

— Non, je reste. J'ai tout mon temps. Vos voisins verront qu'une religieuse attend à votre porte et que vous ne la laissez pas entrer.

L'homme poussa un hurlement rageur.

— Tout le monde est dingue aujourd'hui, ou quoi ? Va t'en occuper, Andrea. Mais fais vite. On n'en a pas fini, toi et moi ! On doit encore parler de cette histoire avec le libraire.

Effi lissa ses vêtements pour avoir l'air aussi soignée que possible. Elle se passa les mains dans les cheveux et sur le visage. Elle enfila de coûteux escarpins blancs à talons hauts, comme si elle allait au bal. Et afficha ce charmant sourire qu'elle répétait chaque matin dans le miroir de la salle de bains, jusqu'à ce que ses joues lui fassent mal.

Alors seulement, elle ouvrit la porte.

Elle ne vit pas une nonne, mais une femme qui était restée longtemps enfermée. Une femme qui s'était cloîtrée dans une prison qu'elle avait elle-même choisie.

Et qui venait de la quitter.

Au premier regard, elles surent tout l'une de l'autre.

— Viens, dit sœur Amaryllis en lui tendant la main. Maintenant. C'est le moment.

Effi la suivit. Comme ça. Un pas devant l'autre : c'était facile et beau. Tant qu'on ne pensait pas à ce qui allait s'ensuivre, aux disputes et aux coups, partir était un jeu d'enfant. Il suffisait de se mettre en marche, et soudain, on n'avait pas seulement quitté sa maison, mais aussi son mari.

Il fallait continuer à avancer.

Ce que fit Effi.

Que sœur Amaryllis l'ait prise par la main lui facilitait grandement les choses. Carl et Schascha se joignirent à elles, et Effi accéléra avant de regarder en arrière avec anxiété. Mais la porte d'entrée restait fermée. Lorsqu'ils tournèrent enfin au coin de la rue, elle prêta soudain attention à son pouls précipité et respira profondément. Puis elle sourit, et ce sourire était authentique. Les muscles qu'elle sollicitait pour cela étaient complètement différents. Sœur Amaryllis lui expliqua avec calme qu'elles allaient au couvent, où elle serait en sécurité. Qu'elle pourrait s'y reposer. Elle n'avait pas besoin de croire en Dieu. Il suffisait que Dieu croie en elle.

Deux rues plus loin, le couvent apparut.

Un ruban de signalisation rouge et blanc en barrait l'entrée, et un panneau de chantier avait été placé devant. Un ouvrier finissait d'installer une nouvelle serrure.

— Voilà, j'ai terminé, déclara-t-il, saluant sœur Amaryllis d'un signe de tête. Désolé… c'est mon boulot.

— Comment avez-vous su que j'étais sortie ? demanda la religieuse avec une grande maîtrise de soi.

L'ouvrier pointa du doigt une petite caméra fixée sur le bâtiment d'en face. L'archevêché l'avait grassement rémunéré pour qu'il intervienne dès que la religieuse quitterait le couvent. L'ouvrier avait lui-même payé un étudiant pour surveiller les lieux la nuit, bien que celui-ci n'ait été vigilant que la première et la dernière heure, et ait dormi le reste du temps.

— Et mes affaires ? s'inquiéta sœur Amaryllis. Mes vêtements ? Et mes plantes, il faut les arroser, sinon elles vont dépérir !

— Adressez-vous à l'archevêché. Je vais leur apporter la nouvelle clé. Autant que je sache, les travaux de rénovation commenceront le plus tôt possible. Ils vont aménager des appartements luxueux. Comme je l'ai déjà dit, je suis désolé, mais je ne peux rien faire.

— Si, vous pourriez me laisser entrer une dernière fois.

— Le risque que vous restiez à l'intérieur est bien trop grand, fit remarquer l'ouvrier en secouant la tête. Il faut que j'y aille. Je vous souhaite une bonne…

Sur ce, il tourna les talons sans se donner la peine de finir sa phrase.

Carl, Schascha, Effi et sœur Amaryllis se regardèrent.

— Nous irons à l'hôtel alors, déclara la religieuse d'un ton résolu. Un couvent, ce n'est pas un bâtiment ; un couvent, ce sont les gens qui y vivent. Nous serons un couvent dans la chambre qu'on nous attribuera.

Elle voulait rester en mouvement, l'immobilité lui donnait l'impression d'être renvoyée en prison. Effi ressentait la même chose.

— Ça vaut peut-être même mieux comme ça, poursuivit sœur Amaryllis. Votre mari s'attend probablement à vous trouver au couvent, pas dans un hôtel. Quelle heureuse coïncidence que je ne puisse pas y retourner !

Si elle le répétait assez, elle finirait par y croire. Elle avait de l'entraînement en matière de foi. Ce n'était pas aussi facile qu'on le pensait. Croire demandait beaucoup d'efforts, jour après jour, d'autant plus que la vie réelle avait tendance à souvent contredire la foi.

Tout en marchant, sœur Amaryllis et Effi balançaient les bras, leurs doigts entrelacés comme ceux des enfants sur le chemin de l'école. Effi en particulier appréciait cette légèreté, qui contrastait tellement avec ce qu'elle venait de vivre.

À leur gauche se dressait la villa de Mr. Darcy. Seule une des nombreuses fenêtres était éclairée, cernée par l'obscurité dans laquelle étaient plongées toutes les autres.

— Attendez, dit Carl. Il y a peut-être une autre solution.

Il adressa un regard interrogateur à Schascha, qui leva le pouce.

Quelques pas les séparaient encore de la porte de la demeure, Carl en profita pour préparer les mots qui prendraient Mr. Darcy par la main et, à chaque syllabe, orienteraient sa décision. Il était important de formuler la demande de manière juste et précise pour qu'il accepte d'accueillir les deux femmes chez lui, sinon l'homme fantasque que semblait être Darcy pourrait vite se retrouver dépassé par la situation.

Lorsque celui-ci vint ouvrir, Carl, respectueux des convenances, ôta son chapeau mou avant de présenter sa requête, même si la lumière du soleil et l'air frais irritaient son cuir chevelu.

– Monsieur von Hohenesch, débuta-t-il. Euh… Christian. Je te fais mes plus plates excuses, mais…

– Voici ton club de lecture, l'interrompit Schascha. Elles habiteront chez toi à partir de maintenant parce qu'elles ne savent pas où aller. Tu as assez de chambres, non ? Et elles sont toutes les deux super gentilles.

Sans hésiter un instant, Mr. Darcy ouvrit largement sa porte, les invitant à entrer.

Ils restèrent longuement assis tous ensemble dans le grand salon. Mr. Darcy alla jusqu'à tenter de cuisiner pour ses invités. Mais même avec des œufs au plat et des pommes de terre sautées, les choses pouvaient mal tourner. Au moins, il savait maintenant que ses détecteurs de fumée fonctionnaient parfaitement.

La villa comptait un si grand nombre de chambres d'amis que les nouvelles venues eurent du mal à se décider. Elles choisirent finalement deux chambres voisines, avec vue sur le parc

– selon sœur Amaryllis, un terrain idéal pour la culture des pommes de terre et des radis.

Carl et Schascha se dirent au revoir place de la Cathédrale. Ils se serrèrent très longtemps dans les bras, se réjouissant de se revoir le lendemain.

Mais le soir suivant, la fillette ne vint pas.

Carl ne s'inquiéta pas pour autant. C'était une enfant, et les enfants n'étaient pas fiables par nature. Il fallait les laisser faire et se montrer compréhensif. Il regrettait toutefois que Schascha soit absente, car il avait apporté un livre qu'il avait prévu de remettre avec elle à son Simon ce jour-là. Mais le roman ne s'envolerait pas…

Exceptionnellement, il ne commença pas sa ronde par Mr. Darcy. Ce serait le clou de la soirée. Lorsque apparut devant lui la ruelle sombre, qui permettait de prendre un raccourci, Carl songea que, ces derniers jours, renoncer à son trajet habituel s'était révélé une bonne chose. Peut-être la vie voulait-elle lui dire de continuer sur sa lancée.

Et d'entrer dans cette ruelle qui l'avait toujours tant effrayé.

Tout irait bien.

Carl prit une profonde inspiration. Oui, tout irait bien dans sa vie.

Il avait pourtant vidé sa dernière étagère quelques heures plus tôt. Plus aucun livre ne vivait avec lui. Mais c'était le cœur léger qu'il avait rangé dans le carton de déménagement les ouvrages destinés à la librairie d'occasion. Il trouverait un moyen de s'en sortir. Effi ne s'en croyait pas capable, sœur Amaryllis non plus, ni même Hercule. Cependant, une situation avait beau sembler désespérée, tout pouvait soudain s'améliorer. Il lui restait cet espoir.

La ruelle devant lui était noyée d'ombre. *Un vieux chemin pour un vieil homme*, pensa Carl, et il sourit. La lumière qu'il retrouverait au bout ne lui en paraîtrait que plus vive. Il aurait aimé que Chien l'accompagne, mais celui-ci était probablement en train de se la couler douce chez le docteur Faustus. L'érudit ne s'était pas douté un seul instant qu'il avait recueilli une de ces créatures aboyantes qu'il craignait tant.

Quand on vit dans une ville qu'on connaît comme sa poche, pénétrer dans une ruelle dont on n'a jamais foulé les pavés procure un sentiment étrange. De même que découvrir une pièce secrète dans une maison sans âge.

Carl regardait autour de lui comme un touriste. Chaque rebord de fenêtre, chaque gouttière le fascinait, et tout lui paraissait magnifique malgré l'obscurité. Cette ruelle était un cadeau qu'il se faisait.

Soudain, il entendit des pas derrière lui. Lorsqu'il se retourna, il vit quelqu'un sortir de l'ombre.

L'homme s'approchait rapidement. Il était grand, avec de larges épaules.

Carl reconnut l'individu qui se querellait avec Sabine Gruber dans la librairie, le soir où il avait été licencié.

Maintenant, ils se faisaient face.

— Laisse ma fille tranquille ! Tu entends ? dit l'homme en le poussant au niveau de l'épaule.

Carl ne comprenait pas.

— De qui parlez-vous ? D'Effi ?

— Ne fais pas l'idiot ! Tu sais très bien de qui je parle. Charlotte est *ma* fille ! Elle passe du temps avec *moi* !

Il le poussa de nouveau et Carl fit quelques pas en arrière.

— Elle m'aide, expliqua-t-il.

— Elle n'est pas censée t'aider, elle doit faire ses devoirs à la maison au lieu de traîner en ville ou dans une manufacture de cigares avec un vieux en haillons. Ce n'est qu'une enfant, bon Dieu ! Je te le dis pour la dernière fois, laisse ma fille tranquille ! Compris ?

Il poussa encore Carl, plus fort, au niveau de la poitrine.

Carl connaissait la violence. Il avait assisté aux crimes sanglants de Jack l'Éventreur dans l'East End de Londres, survolé les combats dans le delta du Mékong à bord d'un Bell UH-1 Iroquois, affronté l'armée d'orques de Saroumane au gouffre de Helm et lutté aux côtés d'Arminius contre les légions de Publius Quinctilius Varus à la bataille de Teutobourg. Il avait même vu Fat Man, la bombe nucléaire, exploser à Nagasaki et les Trisolariens manquer d'anéantir la totalité de la flotte humaine avec une unique sonde inhabitée.

Mais la violence que Carl rencontrait dans ses livres lui était inconnue dans la réalité. Il n'avait pas appris à y réagir. La littérature ne lui avait pas fourni de réponse pratique.

— J'ai le roman qu'il vous faut. Il est formidable !

Carl enleva son sac à dos, l'ouvrit rapidement et plongea la main au fond. Il voulait donner au père de Schascha le livre qu'il destinait à Simon : l'histoire d'une fillette impressionnante, têtue, qui aimait l'aventure. Elle lui ferait comprendre quelle enfant extraordinaire il avait, une enfant qu'on ne pouvait pas enfermer dans un appartement. Le roman était emballé dans du papier cadeau décoré de dinosaures.

— Pourquoi tu harcèles ma fille à l'école ? Tu crois que je ne remarque rien ?

Une autre poussée, plus forte encore. Elle faillit déséquilibrer Carl.

Le vieux libraire glissa le livre dans la poche du manteau de son vis-à-vis.

— Je rêve ou tu viens de me toucher ? TU VIENS DE ME TOUCHER ? Ne me touche pas, sale type !

L'homme avait la respiration lourde, les yeux rougis, injectés de sang. Carl crut y voir une larme. Il ne comprenait pas qu'il avait en face de lui un père désespéré, très effrayé à l'idée de perdre sa fille, ou de l'avoir perdue depuis longtemps déjà. Qui hurlait non seulement contre Carl, mais aussi contre le monde entier, ce fichu monde qui lui avait retiré sa femme, et qui allait lui retirer sa fille. Il rappelait à Carl le Raskolnikov de *Crime et châtiment*, cet homme honnête qui commet de terribles atrocités qu'il juge légitimes.

Carl sentit la peur l'envahir.

— Si je te vois encore une fois avec ma fille, je te tue ! T'as bien compris ?

— Mais…

Il aurait voulu raconter les bienfaits de Schascha, expliquer qu'elle était plus intelligente que tout un rayon de livres spécialisés, qu'elle savait dessiner des rats de bibliothèque et confier à l'adoption des chiens qui étaient des chats, qu'elle pouvait jouer la comédie dans des manufactures de cigares et entrer en courant dans des villas, si vite que personne n'arrivait à la rattraper.

Mais Carl n'eut pas l'occasion de le faire.

Le père de Schascha le poussa des deux bras, avec toute sa force et sa fureur.

Cette bourrade était différente, elle retourna le monde ; le ciel n'était plus en haut, le sol n'était plus en bas et Carl, frappé à la poitrine, sentit son dos s'écraser contre les pavés. Le peu de lumière qui pénétrait dans la ruelle disparut.

7.

Voyage au bout de la nuit

Lors de certaines promenades en été, quand la chaleur faisait miroiter les pavés et que le seul fait de respirer donnait soif, Carl suçait de petits cailloux. Des cailloux ronds, agréables sur la langue. Et assez gros pour ne pas être avalés par accident. Semblables à ceux qui permettaient de réussir huit ricochets à la surface d'un lac. Carl les choisissait dans le gravier des jardins et les nettoyait soigneusement à la fontaine d'eau potable de la ville. Il s'étonnait chaque fois des différences de goût – ce n'étaient que des cailloux. Mais, à vrai dire, les eaux minérales non plus n'avaient pas toutes le même goût.

Le caillou que Carl avait à présent dans la bouche était amer, et il paraissait vraiment rugueux à son palais. Carl voulut le déplacer avec la langue, mais celle-ci ne rencontra que le vide. L'avait-il avalé ?

D'ailleurs, était-il en train de marcher ou pas ?

Et pourquoi entendait-il un camion émettre des bips en faisant marche arrière ? Devait-il s'écarter ?

Carl ouvrit les yeux. Deux murs de la chambre dans laquelle il se trouvait étaient peints en jaune pastel, le reste de la pièce était blanc. À côté de lui, une machine bipait avec une régularité rassurante. L'autre lit, inoccupé, était recouvert d'une sorte de film plastique. Comme la cellophane qui enveloppait les petits pains de traiteur.

Essayant de se redresser, Carl se rendit compte que son bras droit était plâtré, ainsi que sa jambe gauche. Son crâne palpitait comme s'il avait du mal à assimiler la situation.

Une porte semblait mener au couloir, une autre à la salle de bains. Une télévision était accrochée dans un coin. Carl observa les lieux pendant un moment. Puis il tâtonna pour atteindre la table de chevet à roulettes à côté du lit et réussit à en ouvrir le tiroir, où il dénicha la télécommande et une bible, dans la traduction de Luther.

Il avait essayé de donner un roman à quelqu'un et…

La mémoire lui revint. Le père de Schascha allait sûrement se présenter bientôt pour lui faire ses excuses. Et Schascha lui apporterait un livre – pourvu qu'il ne soit pas traduit par Luther.

Une infirmière en blouse verte entra dans la chambre. Lorsqu'elle s'aperçut que Carl avait les yeux ouverts, elle sourit.

— Heureuse de vous voir réveillé, monsieur Kollhoff. Je m'appelle Tanja, je suis infirmière.

— Comment connaissez-vous mon nom ?

— Il figure sur votre carte d'identité, qui est dans votre portefeuille, expliqua-t-elle en désignant la veste vert olive de Carl, suspendue au portemanteau. Et je suis une cliente de la librairie. Grâce à vous, j'ai découvert *Harry Potter*.

D'ailleurs, son enthousiasme pour le héros de J.K. Rowling lui avait fait rencontrer son premier petit ami. Lequel s'était finalement révélé un idiot, hélas. Harry Potter, lui, ne l'avait plus quittée.

— Que m'est-il arrivé ? demanda Carl.

— Vous avez fait une mauvaise chute. Vous avez une petite fracture au bras et, malheureusement, à la jambe aussi. Plus une commotion cérébrale qui vous a laissé inconscient pendant quelques heures. Ne culpabilisez pas, à votre âge il arrive parfois qu'on trébuche tout bêtement.

— Mais je n'ai pas…, commença Carl, qui s'interrompit aussitôt.

S'il racontait la vérité, le père de Schascha aurait des comptes à rendre et perdrait peut-être son emploi.

— Qui m'a amené à l'hôpital ?

— C'est une drôle d'histoire, répondit l'infirmière en souriant. Je ne parle pas de l'ambulance qui vous a transporté jusqu'ici, mais de la façon dont on vous a trouvé.

— Que s'est-il passé ?

— Soulevez la tête ! demanda-t-elle avant de tapoter son oreiller. Une habitante de la ruelle Guillaume-Tell a entendu un chien aboyer furieusement et elle est sortie voir pourquoi. Vous étiez étendu là, mais il n'y avait pas de chien dans les parages.

— Non, c'était un chat, dit Carl, sentant les larmes lui monter aux yeux.

À croire qu'une fois qu'on avait réappris à pleurer, il n'était plus possible de s'arrêter.

— Comment le savez-vous ?

— Ça m'a fait penser à un bon ami, répondit-il. Un ami qui ne m'aime pas seulement pour la nourriture que je lui donne.

Perplexe, l'infirmière attribua la réponse de Carl à sa commotion cérébrale.

Ce dernier adressa, à travers la fenêtre, un salut silencieux à Chien dont la merveilleuse schizophrénie l'avait probablement sauvé.

Puis ses paupières se firent lourdes et ses yeux se refermèrent.

Lorsqu'il se réveilla, tout avait l'air identique, seul le soir avait fait place au matin. Carl sentait que ses jambes attendaient d'être mises en mouvement. Elles n'avaient rien de chevaux de course prêts à galoper hors de la stalle de départ, mais elles voulaient accomplir leur tournée, à laquelle elles s'étaient habituées au fil des ans. Il chercha ses vieilles chaussures, qui épousaient si bien ses pieds, et dans lesquelles il percevait chaque aspérité du revêtement des rues. Ainsi, même les yeux fermés, il savait toujours où il se trouvait.

Sa paire de souliers attendait à l'autre bout de la pièce, enveloppée dans un sac en plastique.

Il suffirait d'un peu d'aide pour les mettre. Dès qu'il les aurait aux pieds, tout irait de soi.

Carl fit alors sa ronde en pensée. Tout le monde lui demandait où il était passé. Il répondait qu'il ne lui était rien arrivé de grave, juste un accident bénin.

Lorsque la porte s'ouvrit, il sursauta.

Une autre infirmière, vêtue de la même blouse verte.

— Bonjour, monsieur Kollhoff, je m'appelle Ravenna.

— Pouvez-vous m'aider à enfiler mes chaussures ? Après ça vous serez débarrassée de moi, déclara-t-il en se redressant.

Elle rit.

— Tanja avait bien dit que vous étiez drôle. Nous allons devoir vous garder un peu, tout de même.

Carl essaya de glisser tout seul sa jambe plâtrée hors du lit. Soudain, une douleur l'élança comme s'il avait touché une ligne électrique. Il gémit.

— Ne bougez pas, reposez-vous. Il faut vous rétablir. Soulevez la tête, demanda l'infirmière avant de remonter l'oreiller.

— Dans ce cas, vous devez informer la librairie de ce qui s'est passé. Pour qu'ils puissent donner de mes nouvelles à tous ceux qui me demanderont.

— Tanja l'a déjà fait hier. Elle leur a dit que vous aviez été admis dans cet hôpital, mais que rien de grave ne vous était arrivé. Pour que personne ne s'inquiète là-bas.

Carl songea que ses clients s'étaient sûrement déjà renseignés et lui rendraient bientôt visite.

— Vous avez un livre ici ? Peu importe quoi…

L'infirmière eut à peine le temps de désigner le tiroir de la table de chevet que Carl lui coupa l'herbe sous le pied.

— Quelque chose de moins lourd peut-être, je vais devoir le tenir de la main gauche.

— Malheureusement, nous n'avons pas de bibliothèque pour les patients. Mais si vous voulez, je peux aller vous chercher un magazine au kiosque.

— Auraient-ils *L'Île au trésor* de Stevenson, par hasard ? Ou des Jules Verne ?

Ce qui était bon pour Gustav était bon pour lui.

— Je crois qu'il n'y a que des *Bob Morane*, notre médecin-chef en achète souvent. Et des livres de poche pour les enfants.

— Je prends, déclara Carl.

Il se souvint alors qu'il n'avait plus d'argent.

— Non, laissez tomber.

Schascha viendrait bientôt. Elle aurait un livre pour lui. Ou un calendrier avec des chiots. Et si elle lui apportait un nouveau dessin représentant un rat de bibliothèque, il aurait sûrement le droit de l'accrocher dans sa chambre.

Mais Schascha ne vint pas. Personne ne vint.

Ni ce jour-là ni les suivants.

Seuls se succédaient des infirmières, des aides-soignants et des médecins. Comme si Carl se trouvait dans un théâtre où les mêmes rôles étaient joués par différents comédiens. Les représentations avaient lieu aux mêmes heures de la journée, le texte variait très légèrement. On l'aidait à manger et à se changer, à se laver et à uriner. De façon rapide, expérimentée et parfois un peu sommaire.

Ils ne venaient pas pour le voir, ils venaient faire leur travail.

Personne ne voulait voir Carl.

Le soir, il entendait de temps à autre un aboiement venant de la ville. Il se disait que c'était Chien à qui il manquait.

Pourquoi diable personne ne s'étonnait qu'il ne sonne plus aux portes pour livrer les commandes ? Était-il indifférent à ceux qu'il avait vus si souvent ces dernières années ?

Nul ne lui rendit visite jusqu'à ce qu'on le laisse sortir.

Même s'il savait que ce ne serait pas le cas, Carl espérait qu'ils l'attendraient tous devant l'entrée. Il s'imagina cet instant avec les couleurs qu'utilisait Schascha. Mentalement, il dessina jusqu'au moindre détail, en particulier un sourire radieux sur chaque visage.

Une fois seul devant l'hôpital, il ne reconnut rien. L'endroit ne faisait pas partie de son univers.

Il n'avait pas d'argent pour un taxi, et il était trop fier pour demander de l'aide à l'hôpital. Il finit par prier un passant de lui indiquer le chemin de la cathédrale, et se mit en route.

Plus de trois kilomètres avec des béquilles, de nombreuses pauses, des douleurs aux aisselles, trois petites chutes et quelques écorchures.

Refermant derrière lui la porte de son appartement mansardé, il s'affaissa tout bonnement sur le sol et s'endormit.

Carl avait tendu une corde à linge sur les étagères et les placards, l'avait nouée aux poignées de fenêtre et aux radiateurs. Elle courait le long des murs comme la corde de sécurité d'un alpiniste.

Puis il s'attaqua à ses bibliothèques, dont il ne supportait plus le vide. Il dessina au feutre les dos des livres sur les parois intérieures des étagères. Il savait exactement où tous ses romans favoris se trouvaient auparavant. Lorsque, exceptionnellement, il ne se souvenait plus d'un titre, il inscrivait celui d'un ouvrage important qu'il aurait dû lire depuis longtemps. Dans sa chambre, il fit ainsi apparaître des œuvres du marquis de Sade et de Giacomo Casanova. Pour confronter ces virtuoses de la littérature érotique à la triste réalité de son lit solitaire.

Les titres de tous ces livres merveilleux lui firent davantage prendre conscience des trésors qu'il avait perdus.

L'absence de livres perturbait l'acoustique des pièces. Le moindre bruit y résonnait comme dans un caveau. Carl cessa de parler à voix haute.

Il ne franchissait plus le seuil de son appartement. Dans son garde-manger, on trouvait quelques conserves de cornichons du Spreewald, de mandarines, de demi-poires au sirop et de choucroute au vin. Il ne mangeait pas beaucoup, avait à peine faim. Et il se nourrissait un peu moins chaque jour. Il était déterminé à accélérer sa disparition. Jusqu'à ce que son corps décide que se lever le matin n'en valait plus la peine.

Carl n'avait jamais eu peur de la mort. Il était né et avait grandi dans un village aux portes de la ville, où l'on cultivait des pensées pour les tombes. La mort l'accompagnait depuis son plus jeune âge, fleurie et colorée.

Il baissa tous les volets, ne supportant plus la vue de la ville qui avait jadis été la sienne. Ce n'était plus celle qu'il avait arpentée pendant des dizaines d'années, où ses semelles avaient usé les pavés, où les gens se montraient amicaux.

Mais une ville où l'on pouvait le jeter à terre et l'oublier. Un endroit étranger et dangereux.

Carl se réjouissait presque que les douleurs dans son crâne, son bras, sa jambe s'embrasent parfois, le distrayant de sa tristesse.

Bientôt, il ne compta plus les jours, se contenta de resserrer sa ceinture au fil du temps et dut finalement y percer de nouveaux trous avec son ouvre-boîte. Il ne distinguait plus le jour de la nuit, restait couché dans son lit à fixer le plafond, somnolant parfois un peu, puis ruminant à nouveau.

Un passeur de livres sans livres n'est rien, pensait-il. Maintenant que les tournées avaient cessé, plus personne ne se rappelait son existence – il était déjà parti.

Il avait toujours rêvé de mourir en lisant. Avec, entre les mains, un livre si captivant qu'il ne remarquerait même pas le passage de la vie à la mort.

Un annuaire téléphonique périmé était l'unique volume qu'il n'ait pas pu monnayer.

Il ne le lisait pas vraiment. Mais quel réconfort de faire glisser le bout de ses doigts sur le papier et de tourner doucement les pages !

Après avoir demandé des explications à Carl dans la ruelle Guillaume-Tell, le père de Schascha jeta tous les livres de sa fille dans la cour intérieure bétonnée de leur immeuble. Schascha cria et s'agrippa à sa jambe pour l'en empêcher, mais un par un, les romans passèrent par la fenêtre. Leurs pages s'ouvrirent, volant au vent à la manière de blanches colombes avant d'atterrir durement sur le sol. Ils gisaient là tels des oiseaux écrasés, certains avec leurs plumes éparpillées au loin.

À force de pleurer, Schascha n'apercevait plus son environnement qu'à travers un brouillard épais. Elle continua de sangloter après que son père eut quitté la pièce en hurlant.

Elle sécha ses larmes lorsqu'il se mit à regarder le journal de 20 heures.

Alors Schascha se glissa hors de l'appartement et se faufila dans l'escalier. Dans la cour, elle rassembla ses trésors en remettant les pages dans l'ordre. De retour dans sa chambre, elle cacha ses livres dans des boîtes sous son lit et disposa devant des animaux en peluche pour les défendre.

À compter de ce jour, elle fut privée de sortie. Tous les soirs, la fenêtre grande ouverte, elle se mit à observer la place de la Cathédrale, guettant le passeur de livres pour au moins lui faire signe. Mais Carl ne se montrait pas.

Cela ne lui ressemblait pas du tout.

Puis Schascha fit un rêve bizarre, qu'elle aurait préféré oublier car il lui faisait très peur.

Elle appela alors la librairie. On lui répondit que Carl n'y travaillait plus. Que non, on ne pouvait pas lui donner son adresse, on n'était pas un bureau de renseignements. Qu'il y avait beaucoup de monde dans la boutique, on n'avait pas le temps. Schascha percevait l'agacement de Sabine Gruber, sans savoir que celle-ci était excédée par le nombre de personnes qui demandaient des nouvelles de Carl. Ce nombre semblait augmenter chaque jour. Certains n'avaient même jamais acheté de livre, mais l'homme vêtu de vert et coiffé d'un chapeau mou, qui commençait sa tournée tous les soirs à

19 heures, faisait partie de la ville au même titre que la cathédrale.

Schascha décida de retrouver Carl. Elle entreprit de se plonger dans la littérature *ad hoc* : ses romans policiers. Les trois jeunes détectives et le club des cinq étaient unanimes : il fallait s'introduire là où avait commencé le mystère. Grâce à eux, elle apprit que, par chance, ces endroits étaient en général pourvus d'une seconde entrée non surveillée. Parfois, des employés louches fumaient devant, sans que leurs patrons le remarquent.

Schascha glissa dans son cartable sa carte d'identité de détective, sa montre de détective à compartiment secret, ses jumelles de détective, son pistolet de détective à tir rapide et son stylo à encre sympathique. Cet équipement n'attendrait pas de meilleure occasion !

Le lendemain, après l'école, elle courut jusqu'à la librairie La Porte de la ville. Malheureusement, elle ne découvrit pas de seconde entrée avec des employés louches en train de fumer qu'elle aurait pu soudoyer ou menacer de son pistolet de détective. À vrai dire, Schascha n'avait pas grand-chose sur elle pour corrompre un employé, mais cela suffisait pour une grosse glace « pingouin » chez Pino : c'était déjà ça !

Elle se résigna à s'introduire dans les lieux par l'entrée habituelle.

Schascha enfonça sur son front son casque à lunettes d'aviateur et remonta le col de sa veste d'hiver jaune. Elle se dirigea incognito vers le coin le plus reculé de la librairie et sortit un livre d'une étagère pour ne pas être démasquée.

À peine l'avait-elle ouvert que quelqu'un se posta à côté d'elle.

— Mais qu'est-ce que tu fais au rayon littérature érotique ? demanda Leon en riant.

— Beurk ! s'exclama Schascha en laissant tomber *Passion dévorante* sur une pile de romans.

Elle s'essuya instinctivement les mains sur sa veste et recula pour mettre quelques pas de distance entre le livre et elle. Voir des gens s'embrasser à la télé était déjà assez dégoûtant.

— Tu cherches quelque chose de particulier ?

Leon savait qu'il était censé poser cette question. En revanche, il ignorait où se trouvaient ces livres particuliers. En cas de besoin, il pourrait indiquer la direction des rayons, dont il avait une vague idée.

— Tu connais Carl, le passeur de livres ?

— Il ne travaille plus ici, la patronne l'a viré.

— Quoi ? Pourquoi ?

— Un type est venu se plaindre ici, très fort, il a crié que Carl embarquait sa fille dans ses tournées. Que c'était inadmissible, que c'était lui le père, des trucs du genre. Moi je ne peux pas imaginer mieux que Carl pour s'occuper d'un petit. Il est trop cool.

« Un petit », n'importe quoi, pensa Schascha. *Il ne sait vraiment pas à qui il parle !*

— Je dois rapporter à Carl quelque chose qu'il a fait tomber dans la rue. Une clé. Mais je ne sais pas où il habite.

— Je peux te donner son adresse, elle est toujours accrochée dans le bureau. Viens.

Leon la conduisit dans la grande pièce du fond. Sur une feuille de papier fixée au mur figuraient les noms, adresses et numéros de téléphone de tous les employés. Schascha recopia soigneusement sur le dos de sa main, au feutre, les coordonnées de Carl. Première mission de détective – succès sur toute la ligne !

Soudain, Sabine Gruber surgit derrière elle, arborant un sourire amusé.

— Leon, qu'est-ce que tu fabriques ici avec cette petite fille ? Elle n'est pas trop jeune pour être ta copine ?

— J'ai neuf ans ! rétorqua Schascha avec indignation. En fait, bientôt dix. Et les filles ont deux ans d'avance sur les garçons, parfois même trois.

Son ton révélait qu'elle appartenait incontestablement à cette dernière catégorie.

Leon répondit d'une voix fluette, car il ne voulait pas perdre le job d'appoint que Sabine Gruber lui avait gentiment proposé après son stage.

— Elle est dans la même école que mon petit frère. Elle passait par hasard.

— Mais que faites-vous ici ? Ce n'est pas une pièce pour les clients, tu le sais bien. Que vont penser les gens s'ils voient ce chaos ?

— Elle veut faire un stage à la librairie, expliqua Leon. Alors je lui fais visiter, je lui explique tout. Et elle n'a pas l'air de trouver que c'est le chaos ici.

— Pas du tout, confirma Schascha. C'est encore moins bien rangé dans ma chambre. Enfin parfois… Rarement, mais ça arrive.

— Je ne peux pas dire que cela me rassure, s'agissant d'une future stagiaire. Maintenant sortez, tous les deux, ordonna Sabine Gruber avant de s'adresser à Schascha. Tu es trop jeune pour un stage. Tu lis, au moins ?

— Non, répondit Schascha d'un air de défi, pour ne pas avoir à parler davantage avec cette femme.

On ne pouvait raconter ses lectures qu'aux gens qu'on aimait bien. Or cette femme avait renvoyé Carl.

— Alors tu ne seras malheureusement pas utile ici, commenta Sabine Gruber, dont l'attention venait d'être attirée par autre chose. Mais qu'est-ce qui est écrit sur ta main ? Kollhoff ? Montre-moi !

Zut ! Pourquoi n'avait-elle pas utilisé l'encre sympathique ? Pour une raison toute simple : elle ne redevenait visible qu'exposée à la chaleur, et Schascha avait eu peur de se brûler.

Sabine Gruber essaya d'attraper son poignet, mais Schascha se sauva aussitôt. Pour qui jouait autant à la marelle et sautillait tout le temps autour de Carl, slalomer entre les tables et les présentoirs de la librairie était un jeu d'enfant.

Après s'être échappée de la boutique, elle courut sans s'arrêter jusque chez Carl, qui n'habitait pas loin. Elle jetait de petits coups d'œil derrière elle de temps à autre, mais personne ne la suivait. Arrivée devant l'immeuble à la vitesse de l'éclair, elle pressa immédiatement sur sa sonnette – en espérant que c'était bien la sienne. Il y avait écrit « E.T.A. Kollhoff », et puisque personne d'autre ne portait ce nom de famille, ce devait être lui. L'interphone resta silencieux, et la porte close. Schascha appuya rapidement sur tous les boutons, et quand une voix métallique finit par demander dans le haut-parleur qui était là, elle répondit simplement : « Le courrier. »

Un bourdonnement, et elle put entrer. Elle monta l'escalier quatre à quatre et lut les étiquettes à côté de chaque porte d'appartement. Lorsqu'elle trouva « E.T.A. Kollhoff », elle sonna trois fois de suite.

Mais Carl n'ouvrit pas.

Il ne voulait pas recevoir de courrier. On ne lui adressait plus que des lettres de relance et des brochures publicitaires stupides.

Quand Schascha frappa à la porte, il s'enferma dans la salle de bains et mit la radio à fond, de sorte qu'il n'entendit pas la fillette crier son nom. Puis éclater en sanglots.

De retour chez elle, Schascha aperçut la veste de son père accrochée au portemanteau. À cette heure-là, c'était inhabituel.

La télévision était allumée dans le salon.

— Papa ?

Schascha espérait que personne ne répondrait. Elle retint sa respiration pour percevoir le moindre bruit et compta en silence : *Un, deux, trois, nous irons au bois, quatre, cinq, six, cueillir des cerises, sept, huit, neuf, dans mon panier neuf, dix, onze, douze, elles seront toutes rouges !* Pas de réponse. Bon, il ne devait pas être là, finalement.

— Ma chérie ? Viens me voir, s'il te plaît.

Schascha tapa du pied avec colère avant de pénétrer dans la pièce.

Tous ses romans étaient étalés sur la table. Son père les avait trouvés sous son lit. La ligne de défense des animaux en peluche n'avait pas résisté.

— Assieds-toi, Charlotte. Il faut qu'on parle.

— Je n'ai rien fait de mal ! Je devais récupérer les livres sinon les voisins se seraient plaints, surtout Mme Kaczynski. Et je ne suis pas sortie en ville avec le passeur de livres ! Juré, craché !

— Assieds-toi. S'il te plaît.

— Mais enfin, sérieux ! s'exclama Schascha avant de se jeter rageusement sur le canapé.

Elle remonta les genoux pour se protéger.

— Commence par la punition.

— La punition ? demanda son père en fronçant les sourcils. Je n'y ai pas encore réfléchi.

— Alors fais-le maintenant. Je veux la connaître tout de suite. J'ai pas envie d'attendre, c'est complètement débile.

— Il m'arrive d'agir de cette façon ? demanda son père d'une voix moins forte. Je veux dire, de te faire attendre ta punition ?

— Chais pas. Oui, parfois. Tu es un adulte, vous faites ce genre de chose. Vas-y, annonce-la, ma punition !

Il se mit à empiler soigneusement les livres.

— Je ne sais pas si c'en est une vraie.

— Comment tu peux ne pas le savoir ? Moi, je le sais tout de suite, parce que les punitions, c'est toujours débile.

Le père de Schascha poussa la pile vers elle. Avant de reprendre la parole, il regarda longuement sa fille.

— La punition, c'est que je dois te laisser être comme tu es. Sauvage et libre.

Schascha se redressa et inclina la tête.

— Papa, qu'est-ce que tu racontes ?

— Et je dois passer plus de temps avec toi. Parce que je ne te connais pas aussi bien que ce vieux libraire, expliqua-t-il en s'installant à côté d'elle. Tu sais, je l'ai…

Il prit une profonde inspiration avant de poursuivre :

— J'étais furieux contre lui, contre toi, mais surtout contre moi en réalité. Tu ne peux pas comprendre pour l'instant, je t'expliquerai quand tu seras grande.

Bien qu'elle ait l'habitude d'entendre les adultes lui dire qu'elle comprendrait plus tard, Schascha avait parfaitement saisi.

— Je suis allé le voir, ton Carl, et j'ai parlé avec lui… Enfin, je lui ai fait des reproches, très violemment, précisa son père en baissant la tête. En fait, je lui ai crié dessus et je l'ai poussé, si fort qu'il a trébuché et qu'il est tombé.

Schascha était maintenant debout sur le canapé.

— Tu l'as aidé à se relever ?

— Non, je l'ai laissé… étendu par terre.

— Tu es super méchant ! Tu es mauvais ! Je ne veux plus que tu sois mon papa !

Elle se carapata dans sa chambre et s'y enferma aussitôt.

Son père ne la força pas à ouvrir. Il s'assit devant la porte. Il préférait même lui parler ainsi, pour ne pas voir le mépris sur le visage de sa fille. Elle était tout pour lui, chaque jour il avait le sentiment de ne pas se montrer à la hauteur, de ne pas être assez chaleureux, pas assez attentif, pas assez malin. Il se reprochait surtout de ne pas passer assez de temps avec elle, ou de ne pas l'occuper d'une façon qui ait du sens. Il la voyait s'éloigner chaque jour un peu plus, elle devenait une silhouette de plus en plus petite, et il en reconnaissait à peine les détails.

Peut-être était-ce dans l'ordre des choses, mais il voulait sentir à nouveau le cœur de sa fille et savoir pour quoi il battait.

C'était pour cela qu'il avait lu ses livres.

— Tu m'as souvent répété que je devais lire. Que c'était génial. Mais le soir je suis accablé de fatigue. Et la lecture mérite qu'on y consacre du temps. Jusque-là je n'ai pas réussi à m'y mettre. L'autre jour, ton Carl a glissé un livre dans ma poche. Il l'a qualifié de formidable, il a dit que c'était le roman qu'il me fallait. Il l'avait emballé dans... du papier cadeau pour enfants, avec des dinosaures et des lézards volants. Quelle drôle d'idée. Je l'ai tout de même emporté, pour une seule raison : je voulais déguerpir au plus vite. Pour éviter qu'on voie que j'avais fait tomber à la renverse un homme âgé.

— Tu n'as même pas assumé ce que tu as fait ! rugit Schascha.

— Oui, tu as raison. Je ne voulais pas que d'autres le sachent. À la maison, j'ai déballé le livre et je l'ai aussitôt rangé dans un tiroir. Pour qu'il disparaisse.

— Pourquoi tu ne l'as pas lu ? Carl sait quels livres peuvent aider !

— C'est un roman pour enfants. Même petit, je ne les lisais pas, expliqua le père de Schascha en posant une main sur le panneau de la porte. Mais ensuite je t'ai vue ramasser les livres que j'avais jetés par la fenêtre. J'étais en droit d'agir comme je l'ai fait, comprends-moi bien, tu m'avais menti pendant des semaines. Je pensais que tu faisais tes devoirs, mais non, tu étais sortie avec le libraire ! Même après que je te l'ai formellement interdit. Bon, ce n'est pas la question pour l'instant. J'ai vu à quel point tes romans étaient importants pour toi, et je me suis senti mal de les avoir jetés.

— Tu m'étonnes ! lança Schascha.

Il ne put s'empêcher de sourire.

— Pour me rapprocher de toi, et d'une certaine manière pour m'excuser aussi, j'ai sorti le livre de ton Carl. Au début, je n'ai réussi à lire que quelques pages, j'étais trop épuisé le soir quand tu allais enfin te coucher après le brossage des dents. Mais j'ai fini par entrer dans l'histoire. Ça s'appelle *Ronya, fille de brigand*, et ça parle de toi en quelque sorte. Mais aussi d'un père stupide… Ça, ce n'est pas moi.

— Bien sûr que si !

Le père de Schascha avait compris que Ronya devait suivre sa propre voie. Et que, malgré tout, elle avait encore besoin de son père, Mattis, le chef des voleurs. Il était aussi question d'un garçon nommé Birk, qui était amoureux de Ronya. Ce personnage-là concernait Simon.

— Tu peux retourner voir ton passeur de livres, déclara enfin le père de Schascha. Mais seulement si toi et moi, nous faisons aussi quelque chose ensemble. Tout ce que tu voudras. Sauf lire. Qu'en penses-tu ?

Schascha ne disait rien. Était-ce le bon moment pour avouer à son père où elle était allée ce jour-là ? Tant qu'il ne pouvait pas entrer dans sa chambre. D'un autre côté, elle devrait peut-être essayer de profiter de la situation pour obtenir une augmentation de son argent de poche.

Mais Carl comptait plus. Beaucoup, beaucoup plus.

— Tu m'as raconté ce que tu avais fait de débile, et j'ai été très gentille, non ? Compréhensive et pas rancunière.

— Pourquoi dis-tu ça ?

— Oui ou non ?

— Oui, plutôt, mais…

— Bon, retiens bien ça ! s'exclama Schascha qui, dans sa chambre, se leva et se mit sur la pointe des pieds. Je n'ai pas vu Carl place de la Cathédrale depuis plusieurs jours. Et la nuit dernière, j'ai fait un drôle de rêve. Un rêve bizarre, je veux dire, et ça m'a fichu la frousse. J'ai rêvé que Carl lisait des livres, dont tous les mots disparaissaient. Les pages devenaient toutes blanches. Il y avait un roman en particulier qu'il ne voulait pas lire, pour éviter que les mots disparaissent pour toujours. Mais quelqu'un l'obligeait à le faire ; je ne sais plus qui, hier je m'en souvenais encore. Bref, les mots se remettaient à disparaître, mais lui aussi, il disparaissait. Parce que ce livre parlait de lui. Après ce rêve, j'ai compris que je devais aller le chercher !

— Ça explique que tu sois rentrée si tard de l'école aujourd'hui ?

— Carl ne travaille plus à la librairie, à cause de toi. Sa patronne l'a viré après ton passage.

S'ensuivit une longue pause.

— Je suis… vraiment désolé, finit par reprendre le père de Schascha.

Il disait vrai. Pourtant, c'était exactement ce qu'il avait cherché à l'époque. Parfois, les souhaits qui se réalisaient ressemblaient à une malédiction.

— Tu dois arranger les choses ! Coûte que coûte !

— Tu crois que sa patronne le reprendra si je lui explique tout ?

— J'ai très, très peur pour Carl ! J'ai obtenu son adresse à la librairie. Mais il n'a pas ouvert la porte.

— Il n'était peut-être pas chez lui ? Parti faire ses courses, par exemple.

— Je ne pense pas, répondit Schascha en secouant la tête. J'ai l'impression que quelque chose ne tourne pas rond, papa. Je m'inquiète énormément. Tu veux bien m'aider ?

— À une condition.

— Laquelle ? Ne dis rien de débile, hein !

— À condition que tu sortes de ta chambre. Parce qu'on y va tout de suite.

Carl ne pouvait pas ignorer le martèlement du père de Schascha, même dans sa salle de bains. Ses voisins non plus, qui jetaient des coups d'œil hors de leurs appartements comme des coucous sortant de leurs horloges. Ils se plaignaient et Carl les entendait aussi. Il se sentait plus faible à chaque protestation sonore. Il voulait que le calme revienne, enfin. Il n'avait plus le choix : il allait ouvrir et accepter les recommandés.

— J'arrive ! cria-t-il pour que le martèlement cesse. Il me faut juste quelques minutes.

Carl voulait au moins être présentable devant le facteur. Il n'avait pas le temps de se raser, mais il s'habilla à la hâte et se passa un coup de peigne dans les cheveux. Il afficha aussi un faux sourire. Celui d'Effi, qui n'en avait plus besoin à présent.

Après avoir trouvé une prise sûre sur la corde à linge, il ouvrit la porte de l'autre main.

— Tu fais peur à voir ! lâcha Schascha en s'avançant, craintive.

Elle lui caressa doucement la joue.

— Tu es malade ou quoi ?

Carl remarqua son père et recula.

— Laissez-moi tranquille.

— Elle a quoi, ta jambe ? Et ton bras est tout raide ou c'est juste une impression ?

Elle voulut toucher son bras, mais Carl le retira – manifestement, il ne pouvait plus le tendre.

— Allez, partez ! Je ne veux plus voir personne.

Le père de Schascha s'humecta les lèvres du bout de sa langue. Il n'était pas doué pour ce qu'il s'était promis de faire. On lui avait toujours seriné que c'était une faiblesse.

— Je... suis vraiment désolé de vous avoir poussé. Je voudrais vous présenter mes plus plates excuses. C'est à cause de moi que vous... ?

Carl claqua la porte.

Il n'existait plus. Et quand on n'existait plus, on ne pouvait plus parler aux autres. Pendant des journées entières, il avait attendu qu'une personne s'intéresse à Carl Kollhoff, l'être humain. Désormais, Carl Kollhoff ne s'intéressait plus aux autres.

Cette nuit-là, Schascha ne dormit pas : elle échafauda un plan. Elle avait rangé sa panoplie de détective, parce que maintenant c'était du sérieux ! Après que Carl leur avait claqué la porte au nez, son père et elle étaient allés parler à tous les clients du passeur de livres. Il devait reprendre ses tournées dans les rues, et il fallait une ville entière pour y parvenir.

Schascha écrivit, comme une histoire, le déroulement des opérations. Elle remplit toutes les pages blanches de son cahier d'amitié. Elle ratura et améliora, signalant par un astérisque les endroits qu'elle complétait. Cela lui prit des heures. Le récit commençait par : « Carl ouvrit la porte »...

Carl ouvrit la porte. La voix dans l'interphone lui avait donné l'impression qu'une tempête de neige arctique sévissait au-dehors.

— Livraison de livres pour M. Kollhoff, de la librairie La Porte de la ville, avait prétendu Schascha.

Elle était descendue dans les graves, avait chuchoté puis toussé fortement au milieu de la phrase. Elle en avait encore la gorge tout irritée lorsqu'elle arriva devant l'appartement.

Elle s'était préparée à trouver la porte entrebâillée et à devoir se faufiler prestement à l'intérieur.

Son plan se réalisa ! Schascha rit de joie en entrant chez Carl. Ce dernier n'avait pas entendu de rire depuis longtemps, et un rire aussi joli depuis plus longtemps encore.

— Bonjour, passeur immobile, dit la fillette en jetant des coups d'œil curieux dans la première pièce. *Oh, mais toutes tes étagères de livres sont vides !*

Elle courut jusqu'à la pièce suivante, dépourvue d'ouvrages elle aussi, seulement occupée par un lit – avec un sommier mais sans matelas.

— Où sont-ils tous ?

Carl s'approcha d'elle, une main sur la corde à linge.

— Où sont-ils tous ? répéta-t-il avant de montrer sa tête et son cœur. Là et là.

— Tu sais ce que je veux dire !

— Vendus. N'en parlons plus.

Schascha voyait clairement que Carl n'était plus lui-même. Avec son visage émacié, son dos voûté, la petite flamme assoupie dans ses yeux, il lui rappelait une fleur de l'horloge florale de Mr. Darcy, dont le calice reste fermé tant que les rayons lumineux ne tombent pas sur elle.

Schascha serait le soleil de Carl ! C'était sa mission.

— Prêt ? demanda-t-elle.

— Pour quoi ?

— Pour ton travail, bien sûr.

— Oh, Schascha. Je ne travaille plus pour la librairie. Cette période de ma vie est révolue. Tu aurais pu t'épargner cette peine.

— Tu parles ! Descendons l'escalier ensemble. Tu peux t'appuyer sur moi, j'ai encore grandi la semaine dernière.

— Tout ça n'a aucun sens. Laisse-moi ici.

— Je veux que tu me fasses une faveur, exigea Schascha. Tout de suite !

Elle souriait jusqu'aux oreilles.

Carl la regarda un long moment.

— Tu as tout prévu en détail, hein ?

— Tu n'avais aucune chance !

Lorsqu'ils arrivèrent en bas, Carl dut récupérer des forces avant de franchir la porte d'entrée.

— Deuxième partie du plan, chuchota Schascha, si bas qu'il ne put l'entendre.

Son père se tenait à côté d'un engin à roulettes, dont il avait aménagé le panier pour y transporter des livres, et même des atlas grand format. Il avait également installé des pneus et des ressorts à spirale pour faciliter le déplacement sur les vieux pavés de la ville.

– C'est moi qui ai choisi la couleur, expliqua Schascha. Pour que tout le monde puisse te voir !

C'était un jaune néon, censé briller dans le noir.

– Essayez-le, proposa son père. Je peux ajuster la hauteur.

Après quelques manipulations, tout fut réglé correctement, et Carl poussa le véhicule sur quelques mètres.

– C'est sans doute bien pratique, mais la librairie m'a licencié.

– On sait, commenta Schascha, brûlant d'impatience. Allez, suivez-moi. Troisième partie ! Dépêchez-vous.

Quelle chance que Carl soit plus rapide avec sa bibliomobile ! Avant la place de la Cathédrale, Schascha tourna à vive allure dans la rue des Femmes et ne s'arrêta qu'en face de la librairie d'occasion Moses, où les attendait le docteur Faustus.

– Bonjour, monsieur Kollhoff, cela me réchauffe infiniment le cœur de vous voir !

– Pouvez-vous m'expliquer ce qui se passe ? Les autres ne veulent rien me dire.

Le docteur Faustus regarda Schascha, qui opina du chef.

– Eh bien, au début, mes efforts n'ont pas été couronnés de succès, contrairement à ce que votre jeune accompagnatrice avait sans doute imaginé. Malgré mes arguments très éloquents, Mme Gruber a refusé de vous réintégrer. « On ne renoue pas avec l'ancien », a-t-elle dit. Cette évocation de l'ancien m'a alors inspiré une idée. Avant de vous connaître, vous et vos services, il m'arrivait d'acquérir des livres à la librairie Moses. Mais les conseils, du moins ceux du propriétaire, étaient fort critiquables, et des ouvrages extrêmement médiocres m'ont été recommandés. En d'autres termes, vous pourriez vous révéler très utile ici. Je laisse le propriétaire des lieux vous indiquer lui-même tout le reste.

La porte de la boutique n'avait pas de clochette, elle grinçait.

Debout sur un escabeau, Hans Witton dépoussiérait l'un des vieux postes à galène qui surmontaient l'ensemble de ses étagères de livres. Il avait un jour décoré sa vitrine avec son ancien modèle, à la suite de quoi les clients lui avaient offert leurs trésors, pensant qu'il les collectionnait – et il n'avait pas eu le cœur de refuser.

— Ah, Carl, te voilà ! Quelle histoire de fou, dis-moi, fit-il en descendant de son escabeau avant de tendre les bras vers son ami. Je voulais te parler depuis longtemps, mais tu m'envoyais sans arrêt ce garçon avec tes romans. Je pensais que tu viendrais toi-même un jour. Tu es là, enfin, et c'est une bonne chose. M. le professeur m'a expliqué la situation et m'a aussi gentiment signalé que certains ouvrages de mon stock étaient truffés d'erreurs historiques.

— Hans, honnêtement, je ne comprends pas ce que je viens faire ici, déclara Carl en bloquant le frein de sa bibliomobile.

— Travailler, Carl, quoi d'autre ? Tu sais aussi bien que moi que j'ai besoin de quelqu'un comme toi ici. Tu as lu énormément de livres et tu es capable d'orienter les gens. Je peux classer et dépoussiérer, et j'arrive péniblement à tenir la comptabilité, mais j'ai de moins en moins de clients depuis la mort de Maria.

— Très aimable de ta part, mais alors je ne serais plus le passeur de livres.

— Tu pourras le redevenir le soir.

— Mais qui commande des livres d'occasion pour les recevoir chez soi ? On les déniche en farfouillant.

Un éternuement retentit, et Mr. Darcy sortit de l'ombre.

— Rhume des foins…, s'excusa-t-il. Je ne sais pas comment le pollen trouve mon nez parmi tous ces livres. Effi m'a pourtant recommandé un remède, mais ça n'a pas encore dissuadé les allergènes.

Il se dirigea vers Schascha, qui se tenait près du docteur Faustus et de son père.

— La jeune dame ici présente a eu une excellente idée. Elle déborde de bonnes idées, devrais-je dire. Je vais te financer, Carl.

— Me financer ? Financer quoi ? demanda Carl, ahuri, en cherchant de l'aide autour de lui.

C'est le moment, pensa Schascha. Son plan ne fonctionnerait que si Carl disait oui tout de suite. Trois petites lettres pour un grand effet.

— À partir de maintenant, tu vas donner des livres aux gens qui n'ont pas les moyens de s'en acheter, expliqua-t-elle vivement. Ils pourront s'inscrire ici et ensuite Mr… enfin c'est lui qui paiera pour ça.

Elle venait de désigner Christian von Hohenesch.

— Sœur Amaryllis écrit un communiqué de presse pour que tout le monde soit au courant. Elle a souvent rencontré des journalistes ces dernières années, elle les connaît. Et Mme Brindacier a promis de corriger les fautes d'orthographe et le reste. Tout est déjà réglé. Tu n'as qu'à dire oui. C'est très simple.

Carl se sentait vieux et faible. Le fait que tous les regards soient braqués dans sa direction, attendant de lui qu'il soit assez fort pour une nouvelle mission, lui faisait éprouver encore plus le poids des années.

— Vous avez beaucoup réfléchi et vous vous êtes donné bien du mal, surtout toi, Schascha. Mais…

— Voici les romans qu'il faut livrer aujourd'hui, l'interrompit Hans Witton en s'approchant d'une petite pile. Je les destine à des habitués qui me sont chers ; je sais ce qu'ils aiment lire, mais ils ont très peu d'argent pour acheter des livres.

— M. Witton ne peut pas les leur apporter, déclara Schascha avec fermeté. Il n'a pas le temps.

Elle jeta un coup d'œil aux autres, à qui elle avait distribué des bouts de papier avec des arguments pour convaincre Carl.

— Par ailleurs, M. Witton a une connaissance de la ville aussi insuffisante que l'est celle de ses ouvrages, renchérit le docteur Faustus.

— La bibliomobile ne lui conviendra pas. On ne peut plus ajuster la hauteur désormais, prétendit le père de Schascha.

Le docteur Faustus déchiffra une autre note :

— De plus, M. Witton n'aime pas se promener en ville quand il fait noir.

— Trêve d'arguments, intervint Mr. Darcy. À présent, tu ferais mieux d'apporter les livres rapidement, ou ils vont... *jaunir* !

Il sourit à Carl.

Le vieil homme regarda les visages remplis d'espoir. Si la vie était un spectacle, comme Shakespeare l'avait affirmé quelque part, alors le public voulait maintenant le voir remonter sur scène.

Et un vieux mime qui avait le sens des convenances ne pouvait ignorer le rappel.

Carl poussa son véhicule vers la pile de livres, lentement car il ne s'y était pas encore habitué. On lui remit du papier d'emballage, une paire de ciseaux et du ruban adhésif pour emballer les ouvrages, et après que Hans Witton lui eut indiqué les destinataires, il partit. Tout le monde le suivit. En chemin, Effi, Hercule, le liseur, Mme Brindacier et sœur Amaryllis se joignirent au cortège.

Même Chien surgit et se mit à courir autour de leur groupe en aboyant. Comme le border collie d'un berger. Il avait trouvé sa vocation.

— Le chat a emménagé chez vous de façon permanente ? demanda Carl au docteur Faustus, qui marchait à côté de lui.

— Oh, il ne reste jamais bien longtemps avec moi. Mais il revient toujours. Sans doute pour les friandises.

— Non, objecta Carl. Il fait semblant. C'est une question d'honneur pour un animal sauvage. Que diraient les autres chats de gouttière, sinon ?

Quel bonheur de marcher à nouveau ! De sentir la ville sous ses semelles, de l'entendre et la flairer. Carl regrettait le poids des livres sur ses épaules, et son sac à dos qu'il sentait plus léger après chaque visite, mais c'était aussi une joie de voir les ouvrages dans le panier devant lui. Il y avait placé une couverture pour les protéger.

Après un silence, il se pencha vers Schascha.

— Tu as tout organisé. Quand il n'est pas question de citrons, tu te débrouilles comme un chef.

— Gros débile ! dit-elle en éclatant de rire. Tu as donné à mon père *Ronya, fille de brigand*. Ça, c'était malin.

— Je le destinais à ton Simon, en fait. Il faut qu'on lui en apporte un exemplaire aussi.

— Ce n'est pas *mon* Simon ! protesta-t-elle. Avant-hier, alors que je pleurais à cause d'un dix en sport, il est venu et m'a poussée. Mais très gentiment.

— Tu vois.

— C'est toi qui lui apporteras le livre. Tout seul.

— Ça me convient. Je marcherai seul, et tu marcheras seule près de moi.

Carl avait appris qu'il ne pouvait pas contredire ouvertement cette petite fille. Quand les petites filles voulaient quelque chose, elles le voulaient de toutes leurs forces, et il était bien trop vieux pour s'y opposer.

— J'ai réfléchi à ton nom, ajouta Carl.

— Pas trop tôt.

— Ce n'était pas facile.

— Bien sûr, c'est pas facile pour moi non plus. Et je suis aussi bizarre que toi. Pourtant je n'ai que neuf ans. Un jour, je deviendrai sûrement plus bizarre que toi encore !

S'il n'avait craint de perdre l'équilibre, Carl lui aurait caressé les cheveux pour la rassurer.

— Au début, j'ai pensé que tu ressemblais à Bastien Balthazar Bux de *L'Histoire sans fin*.

— Mais je suis une fille ! protesta Schascha.

— Bastien a énormément d'imagination et de force. Mais il l'ignore, donc son nom ne te convient pas. Parce que toi, tu connais précisément ta force.

— J'en ai carrément beaucoup ! confirma Schascha en durcissant ses petits muscles.

— Puis j'ai cru t'avoir trouvée en Ronya, la fille du chef des voleurs. Seulement Ronya est une enfant de la forêt, et toi de la ville. Tu as besoin de ta glace « pingouin » et de plein de gens autour de toi. J'en conclus qu'il n'existe tout simplement pas de livre avec un personnage qui te ressemble.

— Tu as dit que tu m'avais trouvé un nom !

— Non, j'ai dit que j'y avais réfléchi.

Schascha donna un coup de pied dans un caillou.

— Mais je viens de trouver la solution, poursuivit Carl.

— Et tu me l'annonces seulement maintenant ?

— Je voulais faire durer le suspense.

— Ce que tu es méchant ! s'exclama la fillette avant de sourire. Tu vas me le dire, ou je dois d'abord pleurer ?

— Non, les pleurs, c'est fini. Voilà : je vais écrire un livre, comme le liseur. Ce sera l'histoire d'une fille exactement comme toi, que j'appellerai Schascha.

— Le livre parlera de nous ?

— Tout bon roman s'inspire de personnes réelles.

— Je veux dire, est-ce que Mr. Darcy, Effi et les autres seront dedans aussi ? demanda-t-elle avant de faire une pause pour se mordiller la lèvre supérieure. Et mon papa ? Le gentil, pas l'autre. Celui-là, il est parti.

Carl hocha la tête.

– J'écrirai cette histoire comme si elle n'était pas vraie, comme si je l'avais inventée. Pour que Mr. Darcy, Effi et les autres deviennent ce qu'ils sont pour moi depuis toutes ces années : les personnages d'un roman. Et même une fois le livre refermé, ils continueront à y vivre. Avec Schascha.

– Je trouve ça beau.

– Moi aussi. Très beau, même.

Tandis qu'ils approchaient de la ruelle obscure, Carl ralentit le pas. Elle lui semblait plus sombre que jamais. Soudain, il sentit sur son épaule une main qui tremblait. Carl se retourna pour voir à qui elle appartenait. C'était celle du père de Schascha.

Les mains des autres se posèrent à leur tour sur ses épaules.

Carl prit une profonde inspiration.

– Vous allez devoir m'accompagner tous les soirs à partir de maintenant, vous en avez conscience, non ?

Des rires de joie retentirent. Le plan de Schascha prévoyait justement que chaque soir, désormais, un adulte escorte Carl, pour marcher avec lui. Mission accomplie.

Ensemble, les passeurs de livres s'engagèrent dans la ruelle.

Parce que les livres ont besoin que quelqu'un leur montre le chemin.

Remerciements

Mes remerciements vont à tous ceux qui m'ont offert des livres. Ce sont de merveilleux cadeaux. Quand la personne qui vous offre un livre l'aime vraiment, une partie de cet amour se transmet. Un petit tour de magie qui produit un grand effet.

Je remercie Vanessa, qui me fait l'effet d'un tour de magie de la vie en restant à mes côtés même quand j'écris. Tous les compagnons et compagnes d'écrivains voient exactement ce que je veux dire…

Merci à mes fantastiques enfants, Frederick et Charlotte (qui s'est appelée Schascha pendant un certain temps et qui a tout d'une petite super-héroïne pour moi aussi).

Mes remerciements à Harry, Sally et Julchen, qui m'ont tenu compagnie durant la rédaction de ce roman et me faisaient savoir, d'un agréable ronronnement, que je pouvais continuer à écrire en paix – à condition de ne pas arrêter de les gratouiller.

Merci à mes premiers lecteurs, Ralf Kramp, Dennis Witton et Gerd Henn, ainsi qu'à Kerstin

Wolff pour l'étincelle qui a suscité l'écriture de ce roman. Comme toujours, je remercie mon agent Lars Schultze-Kossack, et pour la première fois, Bruce Cockburn, pour ses albums de guitare acoustique *Speechless* et *Crowing Ignites*, une parfaite toile de fond sonore. Je remercie également ma relectrice, Clarissa Czöppan, ma responsable éditoriale, Andrea Müller, mon éditrice, Felicitas von Lovenberg, et toute l'équipe de Piper. Merci de m'avoir permis d'écrire ce roman, qui était un de mes désirs les plus chers.

Composition et mise en pages
Nord Compo à Villeneuve-d'Ascq

FSC
www.fsc.org
MIXTE
Papier issu de sources responsables
FSC® C123930

L'éditeur de cet ouvrage s'engage dans une démarche de certification FSC® qui contribue à la préservation des forêts pour les générations futures.

Impression réalisée par CPI BUSSIÈRE
Saint-Amand-Montrond (Cher), en septembre 2022

N° d'édition : 4800/01 - N° d'impression : 2065960
Dépôt légal : septembre 2022

Imprimé en France